Red Chronicle
레드 크로니클
FUSION FANTASTIC STORY

김현우 퓨전 판타지 소설

레드 크로니클 11권

김현우 퓨전 판타지 소설

초판 1쇄 찍은 날 § 2014년 9월 17일
초판 1쇄 펴낸 날 § 2014년 9월 24일

지은이 § 김현우
펴낸이 § 서경석

편집부장 § 권태완
편집책임 § 정수경

펴낸곳 § 도서출판 청어람
등록번호 § 제387-1999-000006호
등록일자 § 1999. 5. 31
어람번호 § 제1-1943호

주소 § 경기도 부천시 원미구 심곡2동 163-2 서경B/D 3F (우) 420-822
전화 § 032-656-4452 팩스 § 032-656-4453
http://www.chungeoram.com
E-mail § chungeorambook@daum.net

ISBN 979-11-316-9207-3 04810
ISBN 978-89-251-3523-6 (세트)

레드 크로니클

Red Chronicle

김현우 퓨전 판타지 소설
FUSION FANTASTIC STORY

CONTENTS

제1장

마왕과 그랜드 마스터

콰우우우.

티엘의 도발 섞인 말을 들은 슈크라인 주변으로 강렬한 기세가 휘몰아쳤다. 날카롭게 빛나고 있는 그의 눈은 정확하게 직시하고 있었다.

"방금 뭐라고 했지?"

"귀가 안 좋나 보군. 다시 말해주지. 너를 죽일 인간이라고 했다."

"인간이 날 죽일 수 있다고 생각하나."

말은 그렇게 했지만 슈크라인은 방심하지 않고 기세를 끌어올렸다. 방금 전 세 차례 공방으로 클레디오 백작이 말하던 인간이 눈앞의 녀석이라는 것을 알아차릴 수 있었다.

"이미 한 번 죽였는데 두 번이 불가능할 이유는 없지."

"두 번이라고?"

"아아, 넌 모르는 일이니 관심을 꺼도 좋다."

"……."

마왕을 앞에 두고 보이는 태도라고 볼 수 없을 만큼 그의 행동은 오만하기 그지없었다. 마치 상대가 인간이 아닌 마왕조차 내려다보는 마황을 접하는 느낌에 슈크라인은 피식 웃었다.

"그 자신감이 언제까지 이어지나 지켜보지."

"내 기대에 부응해 줬으면 좋겠다. 껄끄러운 상대보다 강한 상대를 원하니까."

전생의 전마왕은 까다로운 강적이었지만 말 그대로 그 정도 수준이었다. 인간에 스며들어 전장을 조장하고, 그 스스로 전장에서 더 큰 힘을 얻는 형태이기에 강함을 내세우기보다 계책 면에서 까다로웠다.

그렇기에 스스로 모습을 드러낼 때까지 조용히 기다렸고, 기회는 찾아왔다.

"죽여 버리겠다."

콰앙!

검을 휘두르기 무섭게 검은 기운이 피어나며 티엘에게 쇄도했다.

날카롭고 음습한 기운이 사방에 휘몰아쳤지만 그레인츠를 든 티엘은 어렵지 않게 그것을 튕겨냈다.

파스스!

“이번에 얻은 깨달음을 활용해 보면 재미있는 대결이 되겠어.”

“헛소리하지 마라!”

마검 그레인츠가 허공에 날아들며 푸른 불꽃에 휩싸이는 순간, 슈크라인의 입가에 미소가 걸렸다. 오러 파이어라면 이미 클레디오 백작을 상대하면서 지긋지긋하게 겪어본 것이다.

하지만 동일한 수법이라 생각하고 대응하는 순간, 엄청난 착각이란 걸 깨닫게 되었다.

흐릿한 잔상과 함께 단숨에 도달하는 검을 보며 슈크라인이 타워 실드를 들어 방어했다.

꽈아아앙!

“큽.”

억눌린 신음과 함께 슈크라인의 몸이 밀려났다. 타워 실드 사이로 드러난 두 눈은 경악으로 가득했다.

“이런 충격이…….”

같은 오러 파이어였지만 그 위력의 차이는 극명했다.

그레인츠를 든 티엘이 한쪽 입꼬리를 말아 올렸다.

"용살검이라서 특별한 능력이 없는 줄 알았더니 제법 튼튼하군."

방금 전 충돌에서 전력에 가까운 힘을 운용한 슈크라인으로서는 눈앞의 인간이 이렇게 강력한 힘을 발휘했다는 사실이 쉬이 믿기 힘들었다.

수준 차이.

클레디오 백작이란 인간과 같은 오러 파이어였음에도 느껴지는 충격 차이는 굉장했다.

자연히 슈크라인의 눈빛이 차갑게 가라앉았다.

"네놈 정말 인간이냐?"

의심부터 불쑥 치미는 것은 어쩔 수 없었다. 자신을 상대했던 클레디오 백작도 순수한 인간이라 보기 힘든 드래곤의 힘을 이은 자였다. 순수한 인간의 힘으로 이만한 위력을 낼 수 있다는 사실이 믿기지 않았다.

'그렇다면 녀석은 누구란 말인가?'

간계에 능한 만큼 의심도 많은 슈크라인의 머릿속으로 생각이 꼬리에 꼬리를 물고 이어졌다.

혹시 클레디오 백작이란 녀석처럼 드래곤의 힘을 이어받은 녀석일까?

아니면 비밀 생체 실험으로 만들어진 가디언?

자신과 적대 관계에 있는 마왕일 수도 있었다.

그가 들고 있는 마왕 그레인츠의 존재가 그것을 증명했다.

슈크라인의 억측을 들은 티엘은 비웃음을 흘렸다.

"내가 인간이 아닌 것처럼 보이나 보군. 인간이 강한 힘을 지니면 의심부터 가나?"

"그럼 네놈이 그걸 어떻게 들고 있는 것이냐."

용살검 그레인츠는 시간을 다스리는 마왕 켈그라인의 수중에 있는 것이다. 마왕 중에서도 수위에 드는 그의 물품이 어찌 일개 인간에게 있는 것인지 슈크라인은 도저히 이해할 수 없었다.

"켈그라인을 아나 보군."

"…그 또한 알고 있는 걸 보니 보통 녀석이 아니었나."

"내 정체를 알 필요가 있나. 전마왕 슈크라인에게 필요한 건 피와 살점이 튀는 치열한 전투가 아닌가? 지금 네놈에게 필요한 건 전투일 뿐."

전마왕, 전쟁에 모든 것을 맡기는 그 이름이 무겁게 다가왔다.

여태까지 그 감정을 느꼈던 것은 상대였지만 이번에는 자기 자신이 지니고 있는 이름에 대한 무게가 새삼 느껴졌다.

"그것이 자신의 피와 살점이 될 거라고는 생각지 못했겠지."

"해봐야 아는 것이지."

무겁게 가라앉은 슈크라인의 얼굴을 가득 채운 것은 싸늘한 전의였다.

전신이 저릿저릿해지는 그 느낌에 티엘도 웃었다.

"역시, 그 반응을 기대했다."

어떤 어느 순간에도 전의가 꺾이지 않는 것이 전마왕, 더 강한 적 앞에서도 두려움을 느낄지언정 강자와의 대결을 즐기는 것이 슈크라인이다.

전생에 느꼈던 그 기세를 다시 한 번 접하게 된 티엘이 유쾌한 웃음을 지었다.

티엘의 강함을 인정한 슈크라인은 전보다 확연히 안정된 기세를 발산하며 그를 살폈다.

피와 살이 튀기는 전투를 좋아하지만 그 근본은 투쟁을 통해 승리를 얻는 것에 있다. 전투를 벌이면 광기에 물든 모습을 보여주지만 그 이면에는 승리를 하기 위한 치열한 계산이 깔려 있다.

"크크, 그동안 몸 풀기에 불과했는데 재미를 느낄 수 있겠군."

여유가 느껴지는 웃음과 달리 슈크라인을 중심으로 검은 기류가 너울거리면서 조금씩 주변의 공기를 잠식해 나가고 있었다.

성스럽기 그지없는 순백의 갑옷과 검, 방패는 사이한 어둠의 마나가 깃들면서 한순간 잘못된 선택으로 타락한 타천사를 보는 듯했다.

자신감과 오만함, 확신이 섞인 슈크라인의 기세는 방금 전 공방을 잊은 듯했다.

정말 잊은 것일까?

'그럴 리가.'

한 번 상대해 본 전마왕은 그런 자가 아니다.

오만하고 교활하며, 전투에서 승리를 이끌어낼 줄 안다.

전보다 얇아진 차원의 벽을 넘어온 만큼 전력은 더 클 것이며, 클레디오 백작과의 전투로 인간에 대한 경계심도 상승했을 것이다.

더없이 악화된 상황이지만 티엘은 오히려 미소를 지었다.

"이 정도는 되어야 해볼 만하지."

"흐흐! 네놈, 나랑 같은 향기가 나는군. 쓰레기 같은 향기가."

눈을 번뜩인 슈크라인이 은근한 어조로 말했지만 티엘은 손에 쥔 그레인츠를 까딱였다.

"와라."

"사양하지 않지!"

쐐액!

기습처럼 쇄도한 슈크라인은 타워 실드를 전면에 내밀고, 검을 들이밀면서 강력한 차징 공격을 펼쳤다.

그것은 일종의 시위와도 같았다.

힘과 힘의 대결을 원하는 마왕의 메시지.

"훗."

티엘은 피식 웃으며 뒤로 물러났다. 은근슬쩍 자존심을 건드려서 상대로 하여금 불리한 포지션을 요구하는 수법은 예전과 동일했다.

그와 별개로 그레인츠는 허공을 누비며 슈크라인의 앞을 가로막았다.

쩌어어엉!

귓가를 울리는 섬뜩한 굉음. 팽팽한 힘의 대결이 펼쳐질 거란 생각과 달리 그레인츠는 아무런 힘도 발휘하지 못한 채 밀려나고 말았다.

자신의 의도가 수포로 돌아가자, 슈크라인은 미소 지었다.

"눈치챘나? 제법이군."

"여유를 부릴 땐가."

퍼엉!

공기가 터지는 소리와 함께 강렬한 충격파가 사방으로 흩어졌다. 짙은 검은 기운이 서렸다가 흩어지는 과정에서 슈크라인의 몸이 거세게 흔들렸다.

"큭!"

순식간에 뒤를 점유한 그레인츠는 은밀하게 다가와 기습 공격을 감행했다. 그림자처럼 다가온 검이 등 뒤로 날아든 모습에 슈크라인은 화들짝 놀라 방패를 들었지만 그 충격을 상쇄하기에 무리가 있었다.

검을 직접 들지 않고 휘두르는 것이기에 육체에 누적되는 충격도 적었고, 가장 큰 장점은 공세를 이어나갈 틈이 적다는 점이다.

방금 전 공격이 기습이었다면 이번 공격은 보고도 허용할 수밖에 없는 치명적인 일격.

충격을 받고, 흔들리는 슈크라인의 빈틈을 비집는 공격이었다.

쩌어엉!

검과 타워 실드가 충돌하는 소리였지만 그 결과는 판이하게 달랐다. 마검 그레인츠는 어둠의 마나가 휘몰아치며 스스로를 보호했고, 타워 실드는 움푹 파였다가 제 형상을 갖추며 어둠의 마나에 휩싸였다. 방금 전 충돌에서 누가 우위를 점했는지 보여주는 부분이었다.

"역시 마검이 좋군."

"무기의 우위를 좋아하다니."

"물불을 가리지 않고 승리하면 그만 아닌가? 가장 좋아하는 말일 텐데?"

슈크라인이 가진 타워 실드는 마계의 보물 중 하나였지만 마검 그레인츠는 마계 내에서도 손에 꼽히는 보물 중 보물이었다. 그 급에 따른 파괴력과 방어력은 차이가 날 수밖에 없었다.

특히 성질을 살살 긁는 그의 말은 슈크라인의 전의를 불태우게 만들었다.

수단과 방법을 가리지 않고, 무기의 장점을 내세워 밀어붙인다. 기이한 수법을 이용해서 몸에 부담을 주지 않고 연이어 공격을 퍼붓는 기술은 겪어보았지만 허실을 파악하는 게 쉽지 않았다.

"같잖은 수법이 효과를 볼 거라 생각지 마라."

스아아아!

어둠의 마나가 회오리처럼 휘몰아치며 타워 실드를 감싸면서 그 크기를 키워 나갔다. 그리고 슈크라인의 몸 절반 이상을 가릴 수 있는 거대한 크기로 바뀌었다.

"무식하게 크기를 키운다고 달라지나?"

"보면 알 거다."

"보도록 하지."

말을 하기 무섭게 슈크라인이 쇄도했다. 공간을 접고 도달하는 듯한 그의 모습은 방금 전과 비교도 되지 않을 만큼 빨랐다.

티엘이 가볍게 몸을 휘저으면서 뒤로 물러나는 순간, 가볍게 흔들리는가 싶더니 그대로 방향 전환을 하고 타워 실드로 공격을 해왔다.

뭉툭한 부분이 티엘을 겨냥하는 순간, 검은 빛이 서리면서 방패 모서리가 뾰족해졌다.

텅!

그레인츠를 들어 가볍게 막아낸 뒤 물러난 티엘은 곧장 검을 쏘았다. 단숨에 날아든 검이 타워 실드를 두드렸지만 방금 전 같은 상황은 벌어지지 않았다.

꽈르릉!

대신 발휘된 것은 슈크라인의 검에 담긴 거력이 어둠의 마나와 동화되어 일어난 회오리였다. 강렬한 회전을 담은 검은 벼락이 티엘을 휩쓸었다.

꽈과광! 꽈광!

날카로운 검은 벼락은 집요하게 티엘을 쫓았다. 마치 의지가 실린 것처럼 추격을 거듭하던 기운은 기어이 티엘의 전신을 강타했다.

"흐흐."

비기 중 하나를 발현한 슈크라인의 입가에 진한 미소가 걸렸다. 하지만 자욱한 먼지가 걷히고 검게 그을린 채 서 있는 티엘을 보는 순간 미소는 빠르게 사라졌다.

"…통구이가 될 뻔했군."

"막아냈다고?"

전신이 검게 그을려서 연기가 피어오르는 것이 보였지만 전혀 피해가 없음을 알 수 있었다.

"이 정도면 실망이 큰데?"

"크윽, 인간 네놈."

마왕의 비기 중 하나가 틀어 막혔다는 사실과, 그것을 거침없이 헤집어서 비웃는 티엘의 모습에 슈크라인은 분노를 참기 위해 눈을 감았다.

눈앞의 녀석을 상대하기 위해서는 권능이 필요했다.

마왕의 권능, 하지만 완벽하지 않은 몸 상태로 권능을 발현한다는 것은 역소환을 재촉하는 것과 다를 바 없었다.

사용하더라도 승부의 중심처, 눈앞의 인간을 완전히 죽일 수 있을 때 사용해야 한다.

타워 실드를 자유자재로 활용하며 혼란을 심어주는 것은 필승 전략 중 하나였다. 지금 그것이 효과를 보지 못하는 이유는 오러 파이어란 비기로 육체에 데미지를 쌓지 않고 있어서였다. 오히려 자유자재로 이루어지는 변환 공격으로 인해 슈크라인은 행동에 제약이 가해졌다.

'오러 파이어로는 한계가 있나.'

슈크라인의 공격을 받아내는 티엘의 눈살이 찌푸려졌다. 폭풍처럼 휘몰아치는 거센 공격은 벼려지지 않은 칼처럼 거칠었지만 한 번 휘말리기 시작하면 걷잡을 수 없이 충격을 받는 구조였다.

오러 파이어를 시전하여 슈크라인을 상대하는 만큼 충격을 받을 일은 없다. 지금 대결도 전력을 동원했다기보다 실력하는 수준에 그치고 있었으니까.

티엘의 주 검격은 공간검이고, 자유자재로 의지를 발현되는 공간검은 마왕인 슈크라인이라고 해도 상대하는 것이 쉽지 않았다.

하지만 오늘의 그는 달랐다. 전보다 더 강력한 힘을 지니고 중간계에 강림하였으며, 클레디오 백작을 통해 방심을 지워버리고 진지하게 대결에 임했다.

모든 것이 좋지 않은 곳으로 흐르고 있었지만 티엘의 표정은 어둡지 않았다.

'오러 파이어보다 공간 자체를 장악하는 게 더 낫나.'

간단하게 생각하니 자신이 한 가지 놓치고 있는 점이 생각났다.

공간검은 자신의 의지가 미치는 모든 곳을 지배하는 검이다. 반면, 오러 파이어는 검이 존재할 수 있는 공간에 한정되며, 상대에게 대비할 수 있는 시간을 준다는 것도 달랐다.

실수, 그리고 보완.

수련할 때 깨닫지 못한 점을 실전에서 깨닫게 된 것이다.

"간단한 것도 잊고 있다니, 나도 많이 물러 터졌군."

다른 것은 몰라도 한 가지만큼은 분명하다.

눈앞의 녀석은 상당히 쓸모 있다는 것. 그리고 전력을 끌어올릴수록 자신에게 더 다양한 경험을 안겨줄 수 있다는 점이다.

"좀 더 실력을 발휘해라, 슈크라인."

"놈……."

마치 지루한 연극을 관람하는 것처럼 차갑게 가라앉은 것을 보며 마음 깊숙한 곳에 분노가 들끓는 것을 느꼈다.

그것은 심연처럼 깊은 것. 깊게 감춰놓았던 마족의 깊은 분노가 치밀어 오르는 것이 느껴졌다. 자신의 통제에 벗어난 분노는 조금씩 전신을 지배해 나갔다.

순수한 마족의 존재.

마계의 수많은 생명체가 격을 갖추고 마족으로 진화하지

만 맨 처음 마수로 시작하여 모든 것을 파괴하는 치열한 전장에서 성장한 것이 바로 전마왕 슈크라인이다. 그의 본질은 눈에 보이는 모든 것을 파괴하고 짓밟고 군림하는 것이다.

눈앞의 티엘이란 인간에게 자존심이 상한 슈크라인은 저 심연 아래 묻어놓은 본성이 수면 위로 부상하는 것을 느꼈다.

사아앗!

짙은 어둠의 마나가 전신을 휘감으며 모든 것을 검게 물들였다.

주변의 공기도, 대기도, 그리고 세상의 모든 것을. 조금씩 뻗어나간 어둠의 마나는 순백의 천사와 같던 갑옷과 타워 실드, 검까지 모두 검은색으로 물들였다.

누구에게도 드러나지 않는 그의 어둠이 세상을 향해 모습을 드러내는 순간이었다.

눈에 이채가 스친 티엘이 미소를 지었다.

"본성이 드러나는군."

"이제 쉽지 않을 것이다!"

"마왕의 힘을 견식해 볼까."

"얼마든지!"

쏴아아아!

대기를 가르는 소리가 들려오는가 싶더니, 어느새 싸늘한 예기가 티엘의 면전 앞에 도달해 있었다.

음속을 넘어선 일격! 공간을 괴리시키며 사방이 일그러지고 날카로운 소리가 연이어 울려 퍼졌다.

"이크!"

예상을 뛰어넘는 공격에 몸을 비튼 티엘의 뺨을 타고 한 줄기 피가 흘러내렸다. 전생에 겪어본 그 어떤 공격보다 빠르고 날카로우며 치명적이었다.

한순간의 오차로 머리가 날아갈 뻔했으니까.

"이게 시작이다."

투구 사이로 흰 이를 드러낸 슈크라인의 음성에 짙은 자신감이 묻어나왔다.

그리고 공격.

조금 전까지 타워 실드를 내세웠던 것과 달리 검으로 공격을 하며 타워 실드는 티엘이 공격할 수 있는 모든 반경을 뒤덮었다.

완벽한 공방일체의 공격이 펼쳐지는 것이다. 그리고 그 속도가 어찌나 빠른지, 티엘로서는 뒤로 물러나기 급급한 것이 현 시점이었다.

'이게 전력이 아니라는 건가?'

전생에 겪어본 것보다 훨씬 강했다. 하지만 더 남아 있는 여력이 있을 것 같았다.

그것을 끌어내고 싶은 마음도 강했지만, 자신의 오러 파이어 비기가 얼마나 슈크라인을 상대할 수 있을지 시험해 보고 싶었다.

쩌엉!

의지가 일어나기 무섭게 허공으로 날아든 검이 충돌을 일으켰다. 마검 그레인츠는 압도적인 위용을 발휘하지만 이번만큼은 평수를 이루는 것이 고작이었다.

뒤로 밀려나는 것을 깨닫는 순간, 티엘의 손에 한 자루의 검이 더 쥐어져 있었다.

두 자루의 검이 좌우를 점하며 최소한의 궤적을 그려냈다.

꽝! 꽈광! 꽈과과광!

연이어 충돌음이 울려 퍼졌지만 티엘의 검은 슈크라인의 타워 실드를 뚫어내지 못했다. 그것은 상대 또한 마찬가지였다. 허공을 누비며 공간을 지배하는 두 자루의 검을 한 자루로 당해내는 것은 어려운 일이었다.

처음에는 백 개를, 그다음은 열 개를, 마지막에는 한 개로 만들어내는 간략화는 검의 위력을 끌어내고, 공간을 점하며, 의지를 실어냈다.

티엘의 오러 파이어는 기존의 경지보다 훨씬 수준 높은 심득이 실려 있었지만 견고하기 그지없는 타워 실드는 이 충격을 모두 견뎌냈다.

"역시 쉽지 않나."

파지직!

두 자루의 검을 의지로 조종하며, 한 자루의 검을 더 생성했다. 순수한 마나로 이루어진 마나 소드는 오러 파이어, 마인드 소드보다 더 낮은 경지지만, 시전자의 수준에 따라 그 위력은 신의 영혼조차 베어버릴 수 있는 최고의 힘이다.

쐐액!

공간의 지배, 마나의 지배, 의지의 발현 세 가지가 합쳐진 마나 소드가 타워 실드를 향해 휘둘러지는 순간, 자취를 감추며 곧장 앞에 도달하였다.

그리고 충돌이 일어났다.

꽈아아아아앙!

천지가 울리고, 땅이 뒤집혔다. 그 여파가 어찌나 강렬한지, 멀찍이서 구경하던 후작가 병사 수백 명이 여파에 휩쓸려 흔적도 없이 사라지고 말았다.

그제야 자신의 실수를 알아차린 티엘이 눈살을 찌푸렸다. 세 가지 비기가 합쳐진 마나 소드의 위력은 처음이었기에 이런 참사가 벌어질 줄 몰랐다.

"이런."

낭패감이 담긴 소리였지만 당사자인 슈크라인이 받은 피해에 비하면 양호했다.

거대한 충돌 여파가 사라지고 드러난 그의 타워 실드는 두 동강이 나 있었다. 검은 연기가 피어나는 자리를 채운 것은 공간을 갈가리 찢어버리는 분노였다.

"으으, 으아아아아!"

콰직! 콰지직!

공간 전체에 균열이 일어나며 그의 분노가 사방으로 뻗어 나갔다. 그와 동시에 검은 기류가 전신을 휘감기 시작하더니, 전신을 감싸고 있던 갑옷의 형태가 바뀌기 시작했다. 그리고 폭발적인 발산되던 기세가 그대로 흡수되었다.

스스슷!

제 형상을 갖춘 검은 갑옷은 보기만 해도 소름이 돋는 흉측한 마수의 형상을 만들어내고 있었다. 모든 검은 기류를 체내로 흡수한 슈크라인이 사이한 미소를 지으며 티엘을 바라보았다.

"결국 내 모든 힘을 끌어내게 만드는군."

"이제 변명의 여지가 없겠군."

"흐흐, 그렇겠지. 여기서 패하면 내게 남는 건 소멸뿐이다."

여태까지의 열세를 순순히 인정했지만 두 눈은 분노로 이글이글 타오르고 있었다.

전마왕에게 패배는 곧 죽음이다.

패배를 겪어보지 않은 것은 아니지만 그 신조로 필사적으로 전투에 임했고, 모든 전투를 승리로 이끌었다.

자신이 패배하는 대상이 인간일 거란 생각은 단 한 번도 한 적이 없다.

하지만 지금, 그 위기감을 느끼고 있었다.

"차원의 문을 열기 위해 힘을 쏟고 있었는데 방해를 받을 줄 몰랐군."

"차원의 벽? 무슨 뜻이지?"

티엘의 눈이 차갑게 가라앉았다. 슈크라인이 장난처럼 한 말의 내용이 결코 가볍지 않다는 것을 은연중에 느끼고 있던 것이다.

"알고 싶나 보군."

흐릿한 미소가 장난스러움을 담아내고 있었다. 알고 있는 자의 여유였고, 여태까지 담담하던 티엘이 반응해서이기도 했다.

"알고 싶나?"

"말해라."

"날 꺾어라."

"사양하지 않지."

전마왕의 프라이드가, 그의 주변 여건이 말하는 것을 허락하지 않을 것이다.

하지만 아무래도 상관없었다.

말하지 않더라도 힘을 굴복하고, 반드시 토해내도록 만들면 되니까.

"반드시 죽여주지."

티엘의 얼굴에 표정이 지워지며 주변에 강렬한 기운이 일렁였다.

한 번의 충돌로 천여 명에 가까운 피해를 입은 마블론은 군을 통솔하며 훨씬 떨어진 곳으로 후퇴했다. 하지만 시선은 슈크라인과 격전을 벌이고 있는 티엘에게 고정되어 떨어질 줄 몰랐다.

"이것이 정녕 인간이 발휘할 수 있는 무위란 말인가."

솔직한 심정이었다.

절대강자의 반열에 올라선 뒤, 노력을 기울이면 언젠가 티엘과 어깨를 나란히 할 수 있다는 생각을 했다.

첫 번째 목표가 클레디오 백작이었고, 그다음이 티엘이었다.

한 사람의 검사로 절대적인 힘을 지닌 그들에게 근접하고 싶었다.

그런 의미에서 클레디오 백작과 슈크라인의 대결은 마블론에게 첫 번째 절망을 안겨다주었다.

인간과 마왕의 대결.

그것은 어린 시절 동화에서만 전해지던 이야기였으며, 인간의 몸으로 마계의 지배자를 상대한다는 것은 불가능한 일이었다.

하지만 클레디오 백작은 해냈다. 결국 그 결과가 패배로 이어졌지만 그의 힘은 위대했고, 마왕을 상대로 접전을 벌였다.

자신은 그 경지에 올라설 수 있을까?

생각할수록 가슴 속을 지배해 나가는 것은 짙은 절망뿐이었다.

그리고 티엘이 등장했다.

그는 저 경천동지의 힘을 지닌 마왕을 상대할 수 있을 것인가.

의문이 꼬리에 꼬리를 물고 이어졌고, 마침내 충돌이 벌어졌다.

접전.

지금 눈에 들어오는 것은 그 말로 표현이 가능했다. 인간의 규격을 아득히 뛰어넘은 두 존재의 충돌은 주변 지형을 더 이상 예전의 것으로 알아보지 못할 만큼 무시무시했다.

검은 기류에 휩싸여 허공을 가르는 마왕 슈크라인과, 두 자루의 검으로 오러 파이어를 자유자재로 구사하는 티엘의 충돌은 마블론에게 포기의 감정을 갖게 만들었다.

자신이 할 수 있는 것이라고는 티엘의 승리를 기원하는

것뿐.

만약 그가 패하기라도 하면 가문이, 그리고 제국이 위험해질 것이다.

"반드시 승리하길."

간절한 바람을 담아 그가 중얼거렸다.

두 자루의 검으로 모든 깨달음을 담아 슈크라인을 상대했지만 점점 한계에 부치는 것을 느꼈다. 장악할 수 있는 공간에 한계가 존재했으며, 그 위력도 타격을 주기에는 부족함이 따랐다.

정체.

강력한 힘으로 슈크라인을 제압하는 것은 불가능인 것처럼 여겨졌다.

"포기라도 할 건가?"

"더 이상 안 되겠군."

"포기했군."

담담한 티엘의 시인에 슈크라인이 입꼬리를 말아 올렸다. 비록 상대는 인간이었지만 자신이 전력을 동원해야 할 만큼 강했다.

그야말로 모든 힘을 동원한 치열한 대결! 하찮은 인간이었지만 자신의 전력을 이 정도로 감당한 것만으로도 인간 역사상 최강이라는 칭호를 받아도 무방했다.

"포기라, 맞긴 하겠지."

스르릉!

허공에 떠 있던 한 자루의 검이 검집에 꽂혔다. 그리고 손을 뻗어 그레인츠를 쥐고 슈크라인을 바라보았다.

"더 이상 장난질로 이길 수 없다는 걸 느끼게 되었으니."

"뭐라, 장난질?"

"말실수라도 한 것처럼 느껴졌나?"

은근한 미소에 슈크라인은 참혹하게 일그러진 표정을 지으며 일갈을 터뜨렸다.

"발악하지 마라, 버러지 인간!"

"겪어보면 될 것을."

짧게 말을 끊은 티엘은 본격적으로 힘을 발현하기 시작했다.

공간검.

모든 공간을 장악하고, 통제 아래 적을 말살하는 그의 무위가 처음으로 모습을 드러낸 것이다.

기이한 위화감이 전신을 휘감으며, 본능이 끊임없이 위험 경종을 울려댔다. 이를 꽉 문 슈크라인은 버텨내며 어둠의 마나를 끌어올렸다.

그 순간, 뒷덜미가 서늘해지는 걸 느끼며 필사적으로 몸을 비틀었다.

서걱!

날카로운 소리와 함께 슈크라인의 갑옷 옆구리 부분이 갈라졌다. 짧은 순간 회피를 시도했지만 완벽하게 피해내지 못한 것이다.

"크윽!"

순식간에 상처가 치료되고 갑옷도 원래 상태로 돌아갔지만 공격해 오던 검은 이미 사라져 있었다.

어느새 목 언저리에 도달한 검은 목젖을 찔러갔다.

꽈앙!

타워 실드에 막히며 튕겨나간 그레인츠는 다시 사라졌다.

이번에는 아래. 신출귀몰 사라지고 나타나길 반복하는 검은 슈크라인의 전신을 조금씩 난자하며 착실하게 충격을 주고 있었다.

받아낼 수 없고, 튕겨낼 수도 없다. 언제 어느 순간 치명적인 공격이 들어올지 알 수 없었다. 이를 꽉 문 슈크라인의 두 눈에 붉은 안광이 폭사했다.

"크아아아!"

콰콰콰콰!

사방으로 폭사하는 기세! 주변을 어둠의 마나로 물들이는 무시무시한 힘의 과시였지만 그를 상대하는 티엘의 눈은 평온하기만 했다.

상처 입은 맹수는 울부짖게 마련이다.

자신의 열세를 파악한 맹수의 의미 없는 몸부림일 뿐.

"좀 더 춤을 춰보라고."

우웅! 우우웅!

어느새 티엘 앞에 자리한 그레인츠의 검신이 격렬하게 떨렸다. 그와 동시에 푸른 기운이 응집하기 시작하더니, 점점 그 크기를 키워 나갔다.

그리고 그 기운이 더 이상 견뎌내지 못하고 폭사하는 순간, 그레인츠 주변으로 다섯 개의 공간 굴절이 이루어졌다.

피빙! 피비빙!

그의 동시에 슈크라인의 주변에 다섯 개의 굴절이 나타났고, 수백 갈래로 나뉜 오러의 폭사에 그대로 휩쓸릴 수밖에 없었다.

"끄아악!"

쩌저적!

갑옷이 갈라지고, 터지면서 오러는 무자비하게 그의 전신을 두드렸다. 고통에 몸부림치는 마왕을 보며 티엘이 중얼거렸다.

"오러 넷이라고 이름을 지었는데, 마왕이라는 월척을 낚기에는 부족한가 보군."

전생의 격전에서 전마왕 슈크라인은 이 그물에 걸려 역소환을 당하고 말았다.

검이 견딜 수 있는 마나를 극한까지 주입한 뒤, 폭발력을 온전히 감당할 존재는 없었다. 드래곤본도 종잇장처럼 찢어버릴 것이며, 마왕의 갑옷을 부수고, 으깨 버리며 역소환을 해버린다.

지금 눈앞의 슈크라인도 마찬가지. 그물에 걸린 물고기가 퍼덕거리는 것처럼 압도적인 폭발 앞에 몸부림치고 있었다.

하지만 역소환은 되지 않았다.

전생의 강림과 지금의 강림에서 힘의 차이가 존재한다는 걸 의미했다.

"역시 전력이라는 건가."

전신이 꿰뚫리고, 찢어진 슈크라인의 모습은 처참하기 그지없었다. 마왕의 강력한 회복력과 갑옷의 복원 능력으로 조금씩 원상태로 돌아가고 있었지만 그 속도는 현저히 느렸다.

치이익.

검은 연기가 피어오르며 형태가 되돌아왔다. 투구 사이로 드러난 붉은 안광에 지친 기색이 묻어나왔다.

"계속할 생각이군."

"내 사전에 후퇴란 없다."

신념이 묻어나오는 한마디에 다시 기세가 피어났다.

적이지만 물러섬이 없는 슈크라인의 이런 모습은 티엘에게 큰 감흥을 주었다.

아무리 강적이라도 물러섬이 없는 불굴의 투지.

왜 그가 전마왕이며, 마계의 마왕들이 그와의 전투를 피하는지 알 수 있었다.

"그럼 나도 전력을 다하지."

더 이상의 대화는 무의미했다.

티엘도, 슈크라인도 상대를 제거하기 위해 최선을 다할 뿐.

우우웅!

그레인츠를 손에 쥐는 순간, 음울한 검명을 터뜨리며 상대의 피를 갈구했다. 동시에 푸른 기운이 휘몰아치며 작은 폭풍을 만들었다.

검을 들고, 방패로 전신을 가린 슈크라인의 몸이 눈부신 속도로 쇄도했다.

그를 향해 다시 한 번 펼쳐지는 오러 넷.

폭풍처럼 휘몰아치며 전신을 갈가리 찢어버리는 그물망은 슈크라인의 전신을 헤집었다.

"끄으으! 끄아아아!"

지옥 무저갱 끝에서 들려올 법한 섬뜩한 비명 소리가 귓가를 강타했다. 견뎌내기 힘든 고통을 받아내고 있지만 슈크라인의 두 눈은 섬뜩한 붉은 빛을 발하고 있었다. 그러면서 그는 조금씩 티엘에게 접근해 나갔다.

한 차례 고통은 억겁처럼 길게 이어졌지만 슈크라인은 그것을 견뎌냈다. 그리고 한순간 틈이 드러나면서 눈부신 속도로 쇄도했다.

콰콰! 콰콰콰!

검은 기류가 전신을 휘감으며 추진력을 더해 쇄도했다. 검을 쥐고 있지 않은 티엘의 몸은 활짝 개방되어 있었고, 그것은 빈틈으로 작용했다.

"죽어라, 인간!"

강한 자가 살아남는 것이 아니라, 살아남는 자가 강한 법! 찰나의 순간 빈틈을 허용한 티엘을 죽일 거란 의지가 일어나며 사이한 기운이 타워 실드를 타고 뻗어 나왔다.

절체절명의 상황이었지만 슈크라인의 대응에 티엘은 혀를 찼다.

"쯧! 이래서는 그다지 의미가 없군."

전력을 발휘할 수 있는 슈크라인의 힘은 강력했지만 그것뿐이다. 전생에 겨뤄본 경험이 있기에 그가 어떤 방식으로 전투에 임할지 티엘의 눈에 훤히 들어왔다.

지금의 반격도 모두 티엘의 계산 안에 들어 있었다. 혹시나 하는 마음이 있었지만 예정된 시나리오대로 움직이는 모습은 실망스러웠다.

"끝낼 때다."

우우우!

오른손에는 마검 그레인츠가, 왼손에는 장검이 쥐어졌고, 두 검에 서린 마나는 강렬하게 요동치더니, 어느새 자취를 감췄다. 그리고 슈크라인의 위아래로 모습을 드러내며 각 검에 서린 기운을 발출했다. 그리고 다시 사라졌다가 나타나 앞과 뒤를, 다시 한 번 사라졌다가 양옆에 나타나 기운을 발산했다.

위와 아래를 점유하고, 전후좌우를 향해 마나를 발출하는 것은 눈 한 번 깜빡할 시간에 벌어진 일이었다.

퇴로가 차단되고, 강렬한 기운이 폭포수처럼 쏟아지면서 슈크라인의 전신을 휘감았다.

검의 심판!

모든 공간을 점유한 티엘의 비기 중 하나였다.

전생에 무수히 많은 전투를 치르며 단 두 번밖에 시전하지 않은 비기가 현생에 처음으로 펼쳐진 것이다.

피할 모든 공간을 차단당하고, 공간 왜곡마저 하여 피할 수 없는 궁극기였다.

꽈아— 아아앙!

시끄럽다 못해 귀를 마비시키는 굉음이 주변 전체를 뒤덮었고, 자욱한 푸른빛 폭발에 휩싸인 슈크라인의 몸은 더 이상 찾아볼 수 없게 되었다.

폭발은 지면까지 영향을 끼치면서 거센 지진을 일으켰고, 산이 무너지면서 거대한 산사태가 발생, 여러 자연 재해가 한 자리에서 발생했다.

"끝났군."

전생에 중간계를 침공한 대마왕과 대천왕에게 펼쳤던 비기를 적중당했으니 슈크라인이 견뎌내지 못하는 것은 당연한 일이었다.

하지만 그 예상이 빗나갔다는 걸 깨닫는 데에는 오래 걸리지 않았다.

"흐으! 흐으으!"

"…이걸 버텨냈다고?"

저 아래 가늘게 숨을 몰아쉬고 있는 것은 틀림없는 슈크라인이었다. 검의 심판을 견뎌냈지만 그의 몰골은 처참하기 그지없었다.

양팔은 흔적도 없이 사라졌고, 오른쪽 다리도 거칠게 뜯겨나가 형태를 찾아볼 수 없었다. 뿐만 아니라 갑옷이 갈가리 찢겨져 몸통에 여러 개 구멍이 꿰뚫린 상태였다.

숨을 쉬는 것이 더 신기할 만큼 심각한 상태였다.

지면 아래로 착지한 티엘은 슈크라인에게 천천히 다가갔다.

"마왕의 꼴치고 우습군."

"흐으으! 감히 날 비웃는가, 그래, 넌 비웃을 자격이 있는 인간이다."

끝까지 자존심을 버리지 않는 슈크라인.

티엘의 눈썹이 잠시 꿈틀거렸지만 제자리로 돌아오는 데 오래 걸리지 않았다.

승자는 자신이고 패자는 슈크라인이다.

더 이상 신경 쓸 필요 없이, 원하는 것만 얻으면 된다.

"내가 이겼으니 약속을 이행했으면 좋겠군."

"정보를 원하나? 좋다, 승자에게 정보를 전달하지."

숨을 쉬는 것조차 힘든지 여러 차례 숨을 몰아쉰 그는 천천히 입을 열었다.

"내가 힘을 쏟은 부분은, 중간계와 마계의 벽을 허무는 것이다."

"허물어?"

"중간계로 넘어오기 위해서는 엄청난 손해를 감수해야 한다. 그 손해를 최소화하기 위해 노력했고, 차원의 벽은 확연히 얇아졌다."

"차원의 벽을?"

한 차례 들은 적 있는 사실에 티엘이 반응했다. 그리고 그의 표정이 딱딱하게 굳기 시작했다. 차원의 벽이 얇아진다는 것은 중간계에 강림하는 마족과 천족이 더 강한 힘을 지닐 수 있다는 걸 의미한다.

"이 사실을 알다니, 역시 평범한 인간이 아니로군. 흐, 흐흐흐!"

"……."

마계의 인물들이 마계로 통하는 문을 열기 위해 노력한 것이 오늘 내일이 아니었다. 그들의 최종 목적은 동료들을 중간계로 불러들여 중간계를 또 다른 마계로 만드는 것이다.

풍요로운 중간계가 마계화를 거친다면 그 여파는 상상도 하지 못할 만큼 클 터.

결국 자신의 힘 키우기임을 모르지 않는 티엘로서는 마왕의 존재를 좌시할 수 없다. 그리고 마계의 세력을 끌어들이는 슈크라인도 마찬가지였다.

"막으면 된다."

"이미 늦었다. 네놈이 막기에는 너무나 거대한 수레바퀴가 굴러가고 있지. 켈그라인을 만났으면 알지 않나? 이미 이 세상에는 다수의 마왕이 강림했다."

"죽이고 또 죽이면 된다. 그럼 언젠가 마왕이 씨가 마르겠지."

"오만한 발언이군. 하지만 정말 그렇게 할 수 있을 것 같아. 다른 녀석들이 처참하게 당하는 모습을 지켜봐야 하는데 볼 수 없어 아쉽군."

슈크라인의 목소리가 조금씩 거칠어지기 시작했다. 그와 동시에 수복되던 몸의 회복력이 떨어졌다. 이는 몸의 회복 속도가 소멸 속도를 따라가지 못한다는 걸 의미했다.

"그럼 끝내주지."

"패자는 말이 없는 법이지."

검을 드는 티엘을 보며 슈크라인이 눈을 감았다. 그리고 심장에 검을 꽂아 넣으려는 순간, 날카로운 파공음이 귓가에 울려 퍼졌다.

제2장

몰락하는 헤셀 백작

키이잉!

빠르고 날카로운 소리였다. 뒤를 점유하고 날아드는 기운을 무시하지 못한 티엘이 옆으로 비켜서면서 공격을 받아쳤다.

푸쉬쉬.

연기처럼 사라지는 검은 기운. 허망할 정도로 쉽게 흩어지는 걸 보며 눈을 빛낸 티엘이 가볍게 고개를 젓더니 중얼거렸다.

"속았군."

"오랜만입니다."

밝고 명랑한 목소리가 귓가에 울려 퍼졌다. 고개를 돌린 그의 눈에 들어온 것은 슈크라인을 부축한 채 웃음을 짓고 있는 켈그라인의 모습이었다.

"지켜보고 있었나?"

"워낙 진귀한 결투다 보니 멀리서 구경했습니다. 들키지 않으려고 용을 썼습니다, 하하!"

여전히 유쾌하고 솔직하게 말을 하는 그 모습을 보면 사악함의 대명사인 마왕 같지 않았다. 하지만 그를 바라보는 티엘의 눈은 차갑게 가라앉아 있었다.

"예전에 함께한 정을 생각해서 말하지. 슈크라인을 넘기도록."

"사적으로 친분이 두텁지 않지만 같이 마계를 다스리는 입장에서 모른 척할 수 없지 않습니까? 사정을 봐주시지요."

"못 봐주겠다면?"

"하하! 안 되겠습니까?"

"내 전리품을 이대로 놓아줄 수 없군."

"이런."

강경한 티엘의 태도에 켈그라인은 난감한 표정을 감추지 못했다. 원대한 목표를 위해 슈크라인의 도움은 반드시 필요했지만 티엘과 적대한다면 어떤 일이 벌어질지 쉬이 짐작하기 힘들었다.

“저는 시간을 다스리는 마왕, 제 권능으로 한번 결과를 보고 결정을 내리는 것이 어떻습니까?”

“그 잔재주를 본다고 내가 얻는 게 뭐지? 지금 내가 원하는 건 전마왕 슈크라인의 목이다. 다른 것은 필요하지 않아.”

“그럼 그 목숨 값을 받는 것은 어떻습니까?”

“목숨 값? 목숨 값이라…….”

켈그라인의 제안에 티엘은 턱을 매만지며 생각에 잠겼다. 시간을 다스리는 마왕인 그의 권능은 피해를 입더라도 슈크라인을 빼돌리는 것은 가능했다.

자신의 목숨을 걸어야 하는 전제가 발생하지만, 만만치 않은 전력과 상대의 전력을 모르고 있는 걸 감안하면 나쁘지 않은 제안이었다.

물론 대륙에는 재앙이겠지만.

“목숨 값으로 뭘 치를 수 있지?”

“이런, 생각보다 셈이 밝으시군요. 하긴, 그래서 제가 그레인츠를 빼앗겼죠.”

“두말하지 않는다. 줄 수 있는 게 뭐지?”

“으음, 갑자기 그렇게 말씀하시니 고민이 되는군요. 그레인츠에 견줄 만한 보물은 흔치 않은데 말이죠.”

마검이자 용살검인 그레인츠는 누구나 알고 있는 보물이

다. 최소한 그에 준하는 보물을 줘야 한다는 걸 알고 있기에 켈그라인의 얼굴에 짙은 고민이 드리웠다.

"게다가 섣불리 건네주다 다른 동료들이 당할 수도 있고 말이죠, 하하! 고민입니다."

"길게 고민하지 않도록 해주지."

그레인츠를 드는 그를 보며 켈그라인은 양손을 들며 항복 표시를 했다.

"이런, 알겠습니다. 제가 졌습니다, 졌어. 하아!"

"물건은?"

"이겁니다."

아공간을 열고 물건을 꺼내 든 켈그라인이 티엘에게 던졌다. 가볍게 받아 들고 내용물을 확인하니 거무튀튀한 반지 하나였다.

"이건?"

"그레인츠에 견줄 수 있는 건 이것밖에 없는데, 하아! 제가 드린 건 카르마 링입니다. 인과율을 감당할 수 있다면 이보다 더 좋은 건 없죠."

"인과율이라……."

"사용해 보시면 알 겁니다. 과거에 그레인츠보다 더 높은 마병으로 취급을 받았지요."

"거짓은 아니군."

반지에서 느껴지는 기운은 그레인츠보다 몇 수 위라고 해도 과언이 아니었다. 특히 당장이라도 티엘의 몸으로 침입하려는 사이함은 치를 떨게 만들 정도로 강렬했다.

"그럼 가보겠습니다."

"이번만큼 좋은 기회는 없겠지만, 더 이상 함부로 설치지 않을 테니 보내주도록 하지."

"하하! 감사합니다. 다른 동료들에게도 자중하라고 말을 하지요."

선물은 선물대로 뜯기고, 자리를 벗어나는 것도 허락을 받는 형태였기에 좋은 표정을 지을 수 없었지만 켈그라인은 넉살도 좋게 감사의 인사를 표한 뒤 자리를 벗어났다.

멀어지는 두 마왕을 보며 티엘이 입꼬리를 말아 올렸다.

"가더라도 좋은 꼴은 보기 힘들 테니까."

그 미소가 마왕보다 더 어둡고 사악하다는 것을 켈그라인은 모르고 있었다.

전투는 끝났다.

단둘이 벌인 전투였지만 그것이 미친 여파는 만만치 않았다.

마왕이 패했다!

전마왕으로 알려진 슈크라인의 패배는 제국을 혼란의 도

가니로 밀어 넣기에 부족함이 없었다.

마왕, 그 이름이 가져다주는 중압감은 일반 사람들이 견뎌낼 수 있는 수준의 것이 아니다.

초월적인 존재로 대륙의 명운을 좌지우지할 수 있는 것이 바로 마왕이다.

그런 마왕을 단신으로 물리친 티엘의 무위는 대체 어느 정도 수준이란 말인가.

한 명도 아니고 수만 명이 두 존재의 대결을 목격했다.

그것은 포교 활동을 하는 신관들이 언급하는 천지창조와 마찬가지였다.

대지가 갈라지고, 하늘이 부서졌으며, 산이 솟아나고 무너지며 새로운 세상을 창조했다.

이 말이 어울릴 만큼 엄청난 대결이 벌어졌고, 전투가 벌어진 장소는 평생 살아온 토박이도 알아보지 못할 만큼 지형이 바뀌었다.

마왕의 소멸은 기뻐해야 할 소식이었지만 남은 여파를 감당해야 하는 사람들은 달랐다.

티엘 로운, 이 초월의 영역에 들어선 절대자를 어떻게 대해야 할지 감이 잡히지 않았던 것이다.

인간에게 마왕이 패함으로써 그 경외감은 줄어들었지만 단신으로 한계를 뛰어넘었다는 데에는 이견이 없었다.

더 이상 앞을 가로막을 자들이 없다며 열변을 토하는 마블론과 달리 티엘의 안색은 편치 못했다.

"귀찮은 일이 발생하겠군."

모두가 간절히 염원하지만 티엘에게 있어 더 이상의 명성은 귀찮은 짐과 같았다.

부와 명예, 모든 것을 쥐었으며 그의 간절한 바람은 일을 벌이지 않고 조용히 사는 것이다. 하지만 마왕을 물리침으로써 그러한 일은 저 멀리 사라지게 되었다.

물론 강한 힘을 쥔 만큼 귀찮게 구는 자들은 줄어들지만 경외감에 찬, 질투에 찬 이들이 가만히 있을 리 만무했던 것이다.

"마왕을 물리칠 줄 몰랐는데."

"곧 죽을 것 같더니 몸도 잘 가누는군."

"이 정도도 견디지 못하면 드래곤의 힘을 이어받았다고 자부할 수 없지."

입꼬리를 말아 올린 클레디오 백작은 넉살 좋게 의자에 앉았다.

그의 전신은 얼마 전까지 선혈이 낭자할 정도로 부상이 컸지만, 포션을 들이붓고, 드래곤의 탁월한 회복력에 힘입어 거동이 가능해진 상황이다.

"마왕하고 겨루면서 얻은 게 좀 있나?"

"얻은 거야 많지. 제대로 대응을 하지 못해서 손해만 입었지만."

"다음에는 넋 놓고 당하지 않겠군."

"물론이다, 내가 두 번 당할 녀석으로 보이나?"

"아니면 다행이고. 처음이니 봐줬지만 마왕은 호락호락하지 않다. 드래곤의 힘도 제대로 활용하지 못하는 널 믿지 못하는 건 당연한 것 아닌가."

"다 맞는 말이다. 그래서 더 자극이 되는군. 한 번은 괜찮다라, 그럼 두 번이 되지 않도록 아등바등 최선을 다하는 수밖에."

말을 하는 클레디오 백작의 눈은 섬뜩한 빛을 발하고 있었다. 의욕에 불타는 그 모습을 보면서 티엘은 조용히 미소를 지어 보였다.

마왕을 제거함으로써 대륙에 다시 평화가 찾아왔다며 기뻐했지만 모든 인간들이 슈크라인의 제거를 기뻐하는 것은 아니었다.

콰앙! 쾅! 쾅!

"제길! 제기랄!"

욕설을 터뜨린 헤셀 백작은 연신 탁자를 손으로 두드렸다. 그 충격으로 손에 고통이 전해졌지만 개의치 않고 연이어 내리쳤다.

최악, 그것도 말로 형언할 수 없을 만큼 최악의 상황이었다.

"마왕이 일개 인간에게 소멸돼? 그러고도 진짜 마왕이라고 할 수 있는 거냐? 이런 개 같은."

믿었던 마왕 슈크라인의 소멸은 헤셀 백작에게 있어 청천벽력과도 같았다.

마왕이 무엇인가.

인간의 힘으로 당해낼 수 없어 대륙의 모든 종족이 힘을 합쳐야 비로소 격퇴가 가능한 존재들이 아닌가. 그중 전마왕이라 불린 슈크라인이 보여준 능력은 마왕이라고 해도 무방할 정도로 대단했다.

그런데 그런 마왕이 패했다.

그것도 졸전을 보이면서 패한 게 아니라 그야말로 인간의 한계를 아득히 초월한 전투를 보여준 뒤, 승패가 결정이 났다.

헤셀 백작도 알고 있다.

이 말도 안 되는 경우가 슈크라인의 힘이 부족해서가 아니라 티엘 로운이라는 녀석이 인간 같지 않은 힘을 지녀서라는 걸.

"서, 설마 드래곤이란 말인가?"

추측이 꼬리에 꼬리를 물고 이어지고 나온 결론은 티엘 로운이 드래곤일 확률이 높다는 것. 그리고 그 추측을 뒷받침하는 내용이 만만치 않다는 점이다.

그가 두각을 드러내기 전까지만 해도 로운 가문은 간신들이 판을 치는 지방의 그저 그런 가문에 불과했다. 그러던 어느 날 갑자기 모습을 드러낸 뒤 보여준 행보는 그야말로 인간의 상식을 파괴하는 것이었다.

"드래곤이었군. 드래곤이 유희를 나온 거야. 진짜 티엘 로운은 이미 이 세상 사람이 아니겠지."

일만 년 가까운 세월을 살아가는 드래곤이 인간으로 변신하여 유희를 즐긴다는 것은 공공연하게 알려진 사실이었다. 모든 사실을 대입해 보면 티엘이 갑자기 절대강자가 된 것도, 가문을 휘어잡는 카리스마를 발휘하는 것도 모두 설명이 가능하다.

"처음부터 승산이 없다는 건가?"

슈크라인과 대결을 먼 곳에서 지켜본 헤셀 백작은 자신에게 승산이 있다고 여기지 않았다.

만약 그들의 충돌에서 펼쳐진 공격이 아군에 작렬한다면 일격에 수백 명은 기본으로 소멸될 것이다. 그리고 겁에 먹은 수만의 대군은 모래알처럼 흩어져 자취조차 감출 수 없을 테지.

그렇게 되면 할 수 있는 건 아무것도 없게 된다. 마왕의 군세라는 이름을 바탕으로 용기를 얻고, 힘을 얻은 상황에서 슈크라인이 사라졌다는 건 훈련도 안 되어 있고 체력의 한계에 부딪친 농노병들이다.

지금도 군의 동요가 거셌다.

마왕의 군대가 되었다는 사실에 혼란이 일어났지만 그다음 이어진 마왕의 소멸은 더 이상 자신들을 지켜주던 장막이 사라졌다는 걸 의미했다.

슈크라인의 권능이 미치지 못하는 헤셀 백작군은 여기저기서 끌어모은 징집병에 지나지 않았다. 잘 훈련된 로운 후작군은 물론이고, 격퇴시켰던 윈스터 후작군이나 레디븐 백작군도 감당하기 힘든 것이 현실이다.

그것은 제아무리 주관적인 판단을 하는 헤셀 백작이라고 해도 다르지 않았다.

현재 자신에게 희망이란 존재하지 않았다.

그걸 알고 있다 보니 날이 지날수록 탈주병이 늘어나고 있었다.

강력한 통제로 최대한 틀어막고 있지만 한 번 무너진 강둑을 제어하는 것은 불가능에 가까운 일일 터였다.

앞이 보이지 않는 깜깜함.

자신이 할 수 있는 것이 없다고 여긴 헤셀 백작은 피가 흘러내리는 손으로 얼굴을 감쌌다.

"제기랄……."

전쟁은 이미 승패가 갈렸다.

이러한 사실을 체감하는 것은 비단 헤셀 백작만이 아니었다.

티엘이 일대일 대결에서 슈크라인을 격퇴시킴에 따라 한 가지 소문이 불 번지듯 빠른 속도로 제국 전역에 퍼져 나갔다.

로운 후작은 드래곤이다!

드래곤이 티엘로 폴리모프를 하여 유희를 즐기고 있다는 사실이었다.

존재감도 없고 능력도 없던 티엘은 어느 날 제거되고 그 자리를 차지한 드래곤이 본격적으로 나서면서 오늘처럼 능력을 발휘하게 되었다는 것이다.

허무맹랑한 소문에 지나지 않았지만 이 소문은 제법 맞는 면이 많아서 빠른 속도로 퍼져 나가고 있었다.

"그가 정말 드래곤이라고 봅니까?"

"확신할 수는 없지만 소문만 들어보면 일리는 있다고 여겨집니다."

"드래곤이라. 정말 드래곤이면 굉장히 곤란한 사실이겠

군요."

히드로 2세는 굳은 표정으로 고개를 저었다.

진위 여부가 확인되지 않은 소문에 불과했지만 상식선상에서 납득하기 힘든 티엘의 힘은 소문도 믿게 만드는 힘이 있었다.

만약 그가 진짜 드래곤이라면?

온전히 제국의 권력을 틀어쥐고자 하는 자신의 계획을 실행하기가 힘들어진다.

"숙부님은 진위 여부를 판단할 수 있지 않습니까?"

"충분히 가능합니다."

"숙부께서는 다른 말이 없었으니 로운 후작이 드래곤이 아닐 확률이 높겠군요."

"분명 맞는 말씀이오나, 드래곤이 마음먹고 기세를 감춘다면 알아차리기 힘들 것입니다. 설사 작정하고 파악하려고 해도 드래곤의 정체를 알고자 하는 행동 자체가 불경으로 파악되어 곤경에 처할 수도 있습니다."

"난관이 많군요. 이래서야 제대로 할 수 있는 게 아무것도 없거늘."

두통으로 지끈거리는 머리를 감싸며 히드로 2세는 침울한 표정을 지었다.

이미 헤인즈 지방과 아이주 지방, 노이안을 차지한 로운 후작가는 위클린 공작가를 뛰어넘어 윈스터 후작가에 버금가는 거대한 영토를 얻었다.

병사의 숫자나 인구가 그에 미치지 못하지만 절대강자 세 명, 그중 마왕을 격퇴한 티엘이 있는 이상 제국의 미래가 어떻게 흘러갈지는 불을 보듯 뻔했다.

"숙부님께 문의하도록 하겠습니다. 상황이 최악으로 흘러가더라도 확실하게 할 건 해야 하니."

"알겠습니다."

확실하게 파악해 둬야 하는 사안이기에 하브리스 공작은 무겁게 가라앉은 표정으로 고개를 끄덕였다.

한 번 불거진 소문은 제국 전역으로 퍼지면서 로운 후작군 진영도 강타했다. 그리고 헤셀 백작군을 놓고 논의하는 방안에서 그윈이 은근한 어조로 티엘에게 질문을 던졌다.

"정말 드래곤이십니까?"

"그렇게 보이나?"

"딱히 틀린 것도 없어서… 으악!"

고개를 끄덕이던 그윈은 뒤통수에서 느껴지는 통증에 비명을 지르며 얼굴을 탁자에 처박았다. 끙끙거리는 그를 외면한 티엘이 마블론을 보더니 피식 웃었다.

"그렇게 생각하는 사람이 한 명 더 있었군."

"무례했다면 죄송합니다. 하지만 주군의 압도적인 무위를 생각하면 그럴 가능성도 없지 않아 있을 거라 여겼습니다. 죄송합니다."

"죄송할 건 없다. 사람은 자신이 보지 못한 것을 믿지 못하는 습성이 있으니까. 자신의 상식선에서 진행되지 않으니 괴리감을 느낄 수밖에."

티엘은 관대하게 마블론의 의구심을 받아주었다. 대우가 차별적이라며 그윈이 불만을 드러냈지만 다시 한 번 뒤통수를 만져 줌으로써 불만을 최소화시켰다. 그리고 그가 갖고 있는 의문을 풀어주었다.

"분명 의심이 생길 수 있다는 건 인정한다. 하지만 내가 드래곤이었다면 마왕을 어렵지 않게 제압하는 것은 쉽지 않겠지. 드래곤이 인간의 몸으로 폴리모프를 하면 힘의 상당 부분이 제약 당하니까."

"힘을 제약하고도 마왕을 제압할 힘이 있는 것이 아닙니까?"

"그렇게 보이기도 하겠지만 드래곤의 힘이 그 정도로 강한 건 아니야."

"…그럼 주군의 힘이 드래곤을 뛰어넘는다는 이야기가 되는군요."

"그렇게 봐도 무방하지."

"……."

순순히 긍정하는 모습에 클레디오 백작을 제외한 모든 사람이 침묵했다. 하지만 마왕을 제압한 그의 힘을 감안하면 드래곤을 뛰어넘는다는 말도 틀린 것은 아니었다.

"브레스 한 방으로 도시를 날려 버리는 드래곤보다 주군이 더 강하다니."

"나도 도시를 날려주는 모습을 보여주고 싶지만 대상 선정이 어렵군. 계속 삐딱하게 나오면 네 머리를 날려줄 수도 있는데."

"하, 하하! 농담입니다. 제가 어찌 주군의 힘을 무시하겠습니까?"

약간 진심이 담긴 농담에 그윈이 식겁하며 수긍하는 모습을 보였다.

분위기가 너무 가벼워지는 것을 염려한 마블론이 화제 전환을 시도했다.

"주군! 마왕이 사라짐으로써 헤셀 백작은 힘을 잃었습니다. 지금이 기회입니다."

"무슨 기회란 뜻이지?"

"헤셀 백작을 사로잡고 세이주 지방을 집어삼킬 기회입니다."

"토릭슨이 그렇게 주장했나 보군."

"…알고 계셨습니까?"

"그렇게 주창하는 것을 내가 여러 번 무시해 줬으니까. 아직 포기한 게 아니었군."

슈크라인을 격퇴했다는 소식이 전해지기 무섭게 가문에서는 헤셀 백작을 사로잡고 세이주 지방을 점령해야 한다는 말이 나왔다.

노이안 지방과 달리 방어에 능한 세이주 지방은 곡창지대를 지켜낼 수 있는 든든한 요새였다.

하지만 티엘의 생각은 달랐다.

"나는 세이주 지방을 도모할 생각이 없다."

"하지만 주군이 만들어놓으신 판입니다."

"내가 만든 판이니 내 마음대로 정국을 만들려고 한다. 세이주 지방까지 점령하면 가문에서 동원할 수 있는 병력은커녕 가문을 지킬 병력까지 모자라게 될 테지."

현재 가문의 군사 동원 능력은 한계에 도달해 있었다. 예전 게카스 백작을 물리치면서 사로잡은 병사들까지 동원했지만 넓게 펼쳐진 방어선을 보호하는 것이 고작이었다.

"주군께서 계시는데 누가 감히 침공할 수 있단 말씀입니까."

"그러다 내가 사라지면?"

"예?"

"사람은 언제나 만약의 상황에 대비해야겠지. 세이주 지방이 욕심나지 않는 건 상관이 없지만 지금 우리가 삼키기에는 부담이 생긴다. 세이주 지방을 점령한다 한들 윈스터 후작가와 레디븐 백작가가 힘을 합쳐서 공격해 오면 어쩌려고?"

"으음."

가능성은 희박했지만 티엘이 무엇을 말하고자 하는지 알 수 있는 대목이었다.

당장 눈앞의 적을 상대하기 위해서라면 두 가문은 기꺼이 힘을 합칠 터였다.

"그런 빌미를 제공할 이유는 없지. 세이주 지방은 동맹인 레디븐 백작에게 넘긴다."

"저, 정말이십니까?"

"우리가 점령할 곳은 노이벨류 강으로 하지. 그곳으로 방어에 임하면 노이안 지방의 약점을 어느 정도 상쇄할 수 있으니."

마블론이 보여준 계책을 신뢰하겠다는 이야기였다. 자신의 공을 인정받은 그의 표정은 묘하게 가라앉았다가 이내 고개를 끄덕였다.

"이 일은 가문으로 돌아가 이야기하도록 하지. 헤셀 백작이 물러나기 시작하면 천천히 추격을 해서 노이벨류 강을 점령하도록. 그 후에 안정화가 이루어지면 병력을 헤인조 지방으로 돌려보내고 노이안 지방 출신의 병사로 대신한다."

"예, 주군!"

"그리고 그곳의 방어는 그윈에게 맡기겠다."

"예?"

"그렇게 알도록."

갑작스러운 지목에 그윈이 혼란스러운 표정을 지었지만 티엘은 개의치 않고 자리에서 일어났다. 마블론은 사정없이 난타당하는 그윈이 안타까웠지만 자신까지 휘말릴까 싶어 조용히 고개를 돌려 외면했다.

가까스로 슈크라인을 데리고 자리를 벗어나는 데 성공한 켈그라인은 가볍게 숨을 몰아쉬다가 그를 조심스럽게 바닥에 내려놓았다. 온몸이 성한데 없는 모습을 보며 작게 조소를 지었다.

"형편없이 당해 버렸군."

"크, 크크! 그렇군. 신세를 졌다."

"그렇게 강했나?"

"정말 그 녀석이 인간이 맞는 건가?"

슈크라인의 음성에는 옅은 떨림이 섞여 있었다. 방금 전까지 자신을 압박해 오던 인간의 무위는 심장이 서늘해질 정도로 매서웠다. 중간계에 강림했지만 소멸을 걱정할 만큼 가공할 힘의 존재감은 공포 그 자체였다.

켈그라인이 어깨를 으쓱하며 말했다.

"인간 같지 않은 강함을 지녔지만 인간은 확실하다. 드래곤의 기운은 어디에도 느껴지지 않았으니까."

"그렇군."

"한 번에 믿어버리니 김이 새는데?"

"사악한 기운을 풀풀 풍기던 녀석이 천족일 리는 없잖나? 크크!"

"틀린 말도 아니군."

온갖 휘황찬란한 기세를 발산하면서 타종족을 현혹시키는 천족은 위선의 껍데기를 둘러쓴 자들에 지나지 않았다.

오히려 마족보다 더 철저하게 착취하는 천족은 마족과 같은 하늘 아래 존재할 수 없다.

"천족도 아니면 드래곤이란 뜻인데, 도마뱀 느낌은 아니더군."

"오히려 처음 겨루던 상대에게 그런 기운이 느껴지던데?"

"그 녀석은 드래곤의 진전을 이은 인간이 맞다. 몸속의 기운 자체가 드래곤으로 가득 차 있었으니까."

"어쨌든 당해 버렸으니 당장 움직이는 것은 불가능하다. 회복에 힘쓰도록 해."

"북쪽의 마왕에게 신세를 입었군."

켈그라인은 마계 북부에서 가장 강대한 힘을 지닌 군주였다. 그가 지닌 시간의 권능은 대마왕을 넘어 마황의 것과 비교해도 부족함이 없었다.

그는 대수롭지 않게 어깨를 으쓱해 보였다.

"마계라면 다르겠지만 이곳은 중간계니 말이지."

"대마왕에 근접했다고 알려졌는데 더 힘이 필요한 건가? 크크!"

"진짜 대마왕이 된 건 아니니까. 큰 충돌 없이 힘을 쌓고 대마왕 정도는 되어야 중간계에 강림한 보람이 있지."

"틀린 말도 아니군."

밝은 표정으로 말을 하고 있지만 슈크라인의 상태는 좋지 못했다.

곳곳에 입은 상처 밖으로 힘의 원천이 흘러내리고 있었고, 영혼 자체에도 상당한 타격을 입었다.

그만큼 그가 펼친 공각은 인간의 한계를 초월했다.

"어떻게 할 거지?"

"일단 쉬면서 힘을 회복할 생각이다. 나 때문에 카르마 링까지 소모했으니 중간계에서 당분간 네 지시를 따르도록 하지."

"좋은 각오로군. 실망시키지 않도록 노력하는 모습을 보이겠다."

카르마 링이란 보물을 내어주고 얻어낸 슈크라인의 도움.

마계에서는 하등 필요가 없지만 대마왕을 눈앞에 둔 켈그라인에게 있어 슈크라인의 도움은 반드시 필요한 것에 속했다.

목적을 이룬 그의 입가에 진한 미소가 걸렸다.

노이안 지방에 있던 티엘이 헤인조 지방에 도착하는 데는 채 일주일도 걸리지 않았다.

보름이 넘는 거리였지만 쾌속선을 타고, 속도를 높여 이동하니 도착하는 것은 금방이었다.

가문에 도착하고 군사부에 들러 생각을 말하니, 아니나 다를까 토릭슨이 격렬하게 반발했다.

"주군! 세이주 지방을 이대로 버리신다는 건 말도 안 되는 일입니다!"

"난 이미 결정을 내렸다."

"그래도 주군! 다 잡은 물고리를 타인에게 내준다는 것은 있을 수 없는 일입니다. 마왕을 물리친 것이 주군인데 어찌 과실을 다른 이들이 따먹도록 합니까?"

헤셀 백작에게 원한의 감정이 있는 토릭슨으로서는 절대 쉽게 물러날 수 없는 사안이었다.

그리고 그 생각은 제이론과 클리멘트 남작도 동감하는 부분이었다.

"다른 이들도 같은 생각인가?"

"죄송하지만 그렇습니다. 주군의 무위를 제국에 선보였음에도 아무런 이득도 취하지 않는다는 건 자칫 본가를 얕볼 수 있는 빌미를 제공할 수 있습니다."

잔뜩 격앙된 토릭슨과 제이론의 반응에 자칫 역풍이 불까 우려하던 클리멘트 남작이 끼어들었다.

"무엇보다 우려하는 것은 레디븐 백작가를 온전히 신뢰할 수 없다는 데 기인합니다. 최근 황도의 정계 흐름을 보면 황제 폐하께서 조금씩 권력의 중추에 손을 뻗고 있다는 말이 들려오고 있습니다."

"황제가?"

"예, 은밀한 움직임이지만 레디븐 백작이나 측근들만 잘 모를 뿐, 멀리서 정보를 수집하는 자들은 어느 정도 그렇게 유추하고 있습니다."

"권력이라. 허수아비인 줄 알았는데 그 정도 능력이 있었던가."

티엘의 기억 속에 황제는 자신의 권력을 제대로 챙기지 못하고 이리저리 휘둘리다가 결국 황제의 자리를 놓고 야인으로 돌아가는 인물에 불과했다.

무능하기 그지없는 제국의 마지막 황제!

그것이 머릿속의 생각이었지만 지금 듣는 말은 그것과 판이하게 달랐다.

클리멘트 남작이 차분하게 설명을 이어나갔다.

"권력 다툼에 빠져들게 되면 레디븐 백작이 기약할 수 있는 건 아무것도 없게 됩니다. 이는 본가에도 이득을 취할 수 없습니다."

"세이주 지방을 취하라는 이야기로군."

"예, 그곳은 어려움을 가져다 줄 수 있으나, 주군을 비상할 수 있게 만들 것입니다."

"……."

턱을 괴고 생각에 빠져드는 티엘.

설득이 먹혀들었다고 판단한 클리멘트 남작의 표정이 밝아졌고, 토릭슨과 제이론이 잘했다고 눈빛으로 신호를 보내왔다.

"그럼 방법을 달리하겠다."

"세이주 지방을……."

"황제에게 점령하도록 말을 전하지."

"예?"

예상했던 것과 전혀 다른 반응에 클리멘트 남작이 바람 빠진 소리로 반문했다.

"레디븐 백작이 기약할 수 없다면 황제에게 말을 전해서 세이주 지방을 주도적으로 차지할 수 있게 하겠다. 권력을 차지하려고 하니 이번 기회를 밑바탕 삼아 어떻게 움직이는지 볼 필요가 있겠지."

"그런……."

세이주 지방을 점령하여 확고한 방어선을 구축하려던 책사들의 표정은 밝지 못했다.

"너무 앞서 나가는 건 좋지 못하지. 아이주 지방을 차지하고 얼마 지나지 않아 노이안 지방을 손에 넣었다. 여기에서 세이주 지방까지 차지하면 모든 가문이 적으로 돌아설 가능성이 높다. 내가 있다고 수십만 대군을 모두 막아낼 수 있는 게 아니란 걸 알도록."

머리로 제국을 판 위에 올려놓고 움직이는 책사들이기에 티엘의 말이 무엇을 의미하는지 모를 리 없었다.

하지만 눈앞에 무방비로 노출된 땅을 다른 이에게 넘긴다는 사실이 못내 아쉬웠다.

"양면으로 접할 적을 하나로 줄이는 것이니 너무 아쉬워하지 말고. 처음부터 세이주 지방 전체를 넘기는 것은 얕보일 수 있다는 사실에 동의한다. 그러니 토릭슨은 황도로 가서 황제와 협상을 하도록."

"협상을 말입니까?"

"공짜로 내어줄 수는 없는 일이니 최대한 얻을 건 얻어오란 의미다."

그 말은 순순히 물러설 생각이 없다는 뜻.

이어지는 티엘의 말이 마냥 자신의 생각을 부인하는 게 아니란 걸 깨닫게 된 토릭슨은 밝은 표정으로 고개를 끄덕였다.

"명을 받듭니다!"

가문으로 돌아온 티엘은 제국 전역을 들썩거리게 만든 사건의 당사자답게 바쁘게 이곳저곳을 움직여야만 했다.

산후 조리를 마친 카롤리나와 시간을 보냈고, 크레티아와 함께 레이든을 보살펴 주고, 로웰린이 섭섭하지 않도록 데이트도 해줘야 했다.

여기에 가족들과 대화를 나누는 등 내실을 다지는 데 집중했다.

그다음은 가신들을 소집하여 노이안 지방을 다스릴 구체적인 방안을 마련하고, 가장 적절한 규모를 정해야 했다.

이 모든 것은 티엘의 허락을 필요로 하는 일이기에 한동안 정신없이 이곳저곳을 움직여야 했다.

그렇게 일정을 모두 소화하고 어느 정도 한가해졌을 때는 일주일의 시간이 지났을 무렵이었다.

"처음부터 가문 일에 모두 손을 놓는다는 건 불가능한 일이었군."

헤인조 지방에 국한되었을 때는 뛰어난 재능을 지닌 자들이 넘쳐났지만 아이주 지방과 노이안 지방으로 세력을 넓히면서 다시 인재난에 허덕여야만 했다.

인재가 부족하다는 것은 곧 기존 인원의 혹사를 의미했고, 티엘이 신경 쓰지 않아도 될 부분이 다시 감당하게끔 되었다.

그야말로 일의 지옥.

가장 원하지 않던 그림이 그려지다 보니 혁혁한 성과에도 표정은 밝지 못했다.

"가스론 백작이 알아서 하겠지."

가신단을 이끄는 가스론 백작.

그에게 파격적인 권한을 내리며 세 지방의 행정을 총괄하도록 시킨 티엘이었다.

그 결과 가스론 자작은 은퇴를 할 나이가 훌쩍 지났음에도 서류더미에 파묻혀 지내야 했다. 하지만 사람들은 휘하 가신에게 아낌없이 권한을 부여하는 티엘의 배포에 감탄할 뿐이었다.

실상은 귀찮은 일을 모조리 떠맡긴 것인데 말이다.

하지만 가문의 일 외에 티엘이 신경 써야 할 곳이 많았다.

이번 슈크라인과의 대결에서 자신의 부족한 점이 무엇인지 깨닫게 된 것이다.

"슈크라인이 그 정도라면 앞으로 골치가 아파질 것 같은데."

전마왕 슈크라인은 대단한 힘을 지닌 마왕임이 틀림없지만 마계에서 속속 마왕이 강림하게 되면 더 강한 자들이 나타날 것이다. 운 좋게 강림한 곳을 찾으면 제거가 가능하지만 충분히 힘을 키울 시간을 주면 골치가 아파지게 된다.

"공간검을 마음껏 사용할 수도 없고."

슈크라인과 대결에서 공간검을 자제했던 것은 차원의 벽이 허물어지는 것을 막기 위함이다.

깨달음의 집약이라고 봐도 무방한 공간검은 차원의 벽을 갉아먹는 성질을 지니고 있고, 마계와 천계의 벽이 얇아진 상황에서 공간검의 남용은 더 강한 마왕과 천왕이 강림할 수 있는 빌미를 제공한다.

티엘은 이것을 막고자 했지만 슈크라인을 쓰러뜨리기 위해 공간검을 시전해야만 했다.

"켈그라인은 방방 뛰겠지만 이걸 얻었으니 상관없지."

티엘이 슈크라인을 순순히 넘긴 이유는 간단했다. 자신의 공간검에 당한 슈크라인은 전력을 온전히 회복하는 것이 불가능해졌다.

이는 차원과 차원의 간섭마저도 뒤틀어 버릴 수 있는 공간의 힘 때문인데, 티엘의 공간검에 타격을 입으면 마왕과 천왕은 역소환되었다가 다시 강림하지 않는 이상 상처를 회복할 수 없다.

아마 그 사실을 깨닫게 되면 마계의 보물을 내어준 켈그라인이 날뛸 것은 불을 보듯 뻔했다.

그것과 별개로 지금 당장 보완해야 할 부분은 공간검의 공백을 지워내는 것이다.

"오러 파이어만으로는 쉽지 않다. 공간 전체를 장악해야 하나."

공간검은 검이 움직이는 공간의 제약 자체를 없앤다. 그에 반해 오러 파이어는 검의 궤적을 최소화한다고 하지만 한계가 존재할 수밖에 없다.

결국 상대가 대비할 시간을 주다 보니 공간검에 비해 위력이 떨어질 수밖에 없다.

그것을 극복하려면 수백 자루의 검을 동시에 운용해야 하는데, 과연 자신의 정신력으로 그 많은 검을 제각기 운용할 수 있을지 확신할 수 없었다.

"아니면 화끈하게 천계와 마계를 열어버려야겠군."

얇아진 차원의 벽은 언젠가 무너지게 마련이고, 다음 세대, 다다음 세대, 아니면 먼 세대가 그 여파를 감당해야 했다.

만약 그것을 극복할 수 없다면 차라리 모든 차원의 벽을 허물고 중간계와 천계, 마계 전체를 아우르는 대전쟁을 발발시킬 생각이었다.

물론 이러한 속내를 아는 사람은 아무도 없었다.

티엘에게 모든 전권을 위임 받은 토릭슨은 수행원을 이끌고 황도에 도착한 것은 마블론이 헤셀 백작군을 격파하고 노이벨류 강을 완전히 장악했을 무렵이었다.

제국 전역으로 퍼져 나간 헤셀 백작의 패배는 황도를 들썩이게 만들기 충분했다.

"난리로군. 하긴, 그럴 수밖에 없나."

황도에 들어서기 무섭게 곳곳에서 느껴지는 시선을 느낀 토릭슨은 피식 웃으면서 앞으로 벌어질 일들을 머릿속으로 정리했다.

티엘이 거하게 일을 벌인 이상 황도의 혼란은 예견된 것이다.

그리고 토릭슨은 그것을 이용하기 위해 시간을 맞춰서 황도에 도착했다.

"시기도 공교롭고."

마왕을 무찌른 티엘의 소문부터 시작하여 헤셀 백작을 완전히 몰아낸 현 상황까지.

아마 황도 내에서도 의견이 분분할 터였다.

"세이주 지방이란 먹음직한 먹이가 있으니 뭘 얻어낼지는 전적으로 내 몫이란 말이지."

회의 자리에서 티엘은 황제에게 직접 권유를 해보라고 했지만 그 안에는 토릭슨의 선택 폭을 넓혀주는 말이 다수 존재했다.

즉, 황도에 도착하면 실권을 누가 쥐고 있는지 파악하고 가장 큰 효과를 발휘하기만 하면 된다. 먹음직한 것을 가지고 있으니 자연히 주변에서 몰려들 것이고, 엉덩이 무겁게 자리를 지키고 있다가 이익에 따라 세이주 지방을 넘겨주기만 하면 된다.

티엘의 저택에 도착한 그는 황궁에 입궁하기 위해 준비를 갖췄다. 그리고 허가가 떨어지기 무섭게 움직이기 시작했다.

간소한 절차를 거친 뒤 황제의 집무실에 들어선 토릭슨은 자리에 앉아 있는 히드로 2세를 보고 무릎을 꿇은 채 예를 올렸다.

"헤인조 지방의 에조 남작이 위대하신 제국의 지배자를 뵙나이다."

"어서 와라, 에조 남작."

제국의 수많은 남작 중 하나에 불과했지만 토릭슨의 위세는 여타 다른 남작들과 차원이 달랐다. 로운 후작가의 군사부 일원이며, 티엘의 마음을 움직일 수 있는 몇 안 되는 인물 중한 사람이 그였다.

"이렇게 보는 건 처음인가."

"예, 이렇게나마 폐하를 뵈어 영광입니다."

"그렇군. 아직 영광 소리를 들을 만한 권한은 있다는 건가."

쓴웃음을 지으며 말하는 모습에서 전신을 휩쓰는 위화감이 느껴졌다. 단순한 감각에 지나지 않았지만 토릭슨은 그것을 허투루 넘기지 않았다.

'뭔가 있군.'

세간에 알려진 황제의 성격과 달랐다. 전신을 저릿하게 울리는 은은한 기운부터 시작하여 말속에 담긴 뼈는 여러 가지 생각을 하게 만들었다.

'그동안 본 모습을 감춰왔던 건가? 아니면 계기가 있었나? 아무래도 상관없다. 현재 상황에서 주군을 다룰 수 있는 군주는 없으니까.'

황제가 아무리 강렬한 카리스마를 지니고 있어도 토릭슨은 낙관했다.

마왕조차 베어버리는 자신의 주군을 어찌할 수 없음이 전제로 깔려 있어서였다.

모든 것은 한순간에 이어진 생각.

토릭슨은 아무런 의미도 파악하지 못한 것처럼 태연하게

말을 이어나갔다.

"제국의 지배자를 뵙는다는 것이 어찌 영광스럽지 않겠습니까."

"그럴 테지, 그런데 황도를 방문한 시기가 참으로 공교롭다고 생각하지 않나."

"저도 그렇게 생각하고 있습니다. 운이 좋았을 뿐입니다."

모든 것을 다 염두에 두고 왔으니 그럴 수밖에 없다.

"그렇군."

히드로 2세는 대답한 뒤 아무런 말도 이어나가지 않았다. 그에게서 어떠한 욕망도 드러나지 않아 상대의 마음을 답답하게 만들었다. 하지만 토릭슨도 끝끝내 속내를 드러내지 않고 침묵했다.

그리고 침묵 끝에 승자는 토릭슨이었다.

"에조 남작은 무슨 명을 받고 황도에 왔지?"

"노이안 지방의 점령 건을 두고 폐하께 보고 드리고자 방문하게 되었습니다."

"노이안 지방 점령이라, 어떠한 보고도 없이 일을 치른 다음 일방적으로 보고를 하면 전부라고 생각하나?"

"그렇게 보이게 된 점, 주군께서 죄송하다는 말씀을 했습니다."

그런 말을 한 적이 없음에도 재량껏 조작하는 토릭슨이

었다.

그리고 그렇게 말을 하면서 단 한 점의 양심의 가책을 느끼지 못했다.

"마왕을 벤 검사의 사과라면 그만한 가치가 있겠지. 계속 말하도록."

"노이안 지방을 점령했고, 현재 헤셀 백작은 대부분의 힘을 잃었습니다. 그의 기반인 세이주 지방은 무주공산이 되었습니다."

"마왕에게 영혼을 판 귀족이었으니 모든 걸 잃는 건 당연하다."

"저도 그렇게 생각하옵니다."

"제국을 위해 힘을 쓴 로운 후작의 공은 칭찬받아 마땅하다."

미끼를 던졌지만 히드로 2세도 쉬이 속내를 드러내지 않았다.

고개를 깊게 숙이고 있는 토릭슨의 두 눈은 형형한 빛을 발하고 있었다.

"로운 후작의 공으로 혼란을 조기에 진압할 수 있었으니 그 공은 결코 작지 않다. 이에 로운 후작의 공을 평가하여 상을 내릴 것이다. 에조 남작은 이만 물러가도록."

"예, 폐하."

축객령이 떨어지자, 토릭슨은 별다른 말을 하지 않고 물러났다.

하지만 자신의 유혹에도 의연하게 대처하는 히드로 2세의 모습은 뇌리 깊숙한 곳에 남아 있었다.

제3장

풍운의 황도

귀족의 군사라는 자리.

실질적인 이인자이면서 강력한 영향력을 발휘할 수 있는 이름이지만 그 무게는 결코 가볍지 않다고 봐도 무방했다. 히드로 2세를 알현하고 저택으로 돌아온 토릭슨은 자신의 주군이 얼마나 제국이 큰 영향력을 행사하는지 몸소 실감할 수 있었다.

수북이 쌓여 있는 초대장들.

모두 토릭슨을 파티에 초대하는 귀족들의 성의였다.

그들은 로운 후작의 위세를 등에 업은 토릭슨을 만나고자 수단과 방법을 가리지 않았다. 쌓여 있는 초대장은 애교에 불과했고, 갖가지 선물꾸러미가 벽에 차곡차곡 정리되어 있었다.

"이 정도가 아니면 섭섭하지."

놀라운 광경이었지만 토릭슨의 반응은 의연함 그 자체였다. 마왕을 물리친 전설의 검사에 대한 대우가 이 정도도 되지 않았더라면 오히려 실망이 컸을 것이다.

"남작님, 어떻게 하시겠습니까?"

황도의 저택을 관리하는 집사가 토릭슨의 의사를 물었다. 단지 저택의 관리를 맡고 있을 뿐이지만 높아진 티엘의 이름값 때문에 적잖은 곤혹을 겪은 그였다. 그것을 토릭슨이 대신 겪고 있으니 그를 보는 눈이 여러모로 복잡할 수밖에 없었다.

"초대를 받았으니 응해야겠지. 모두 응하는 건 무리겠고, 이게 제일 무난하겠군."

그가 든 것은 다른 귀족들처럼 화려한 초대장이 아니었다. 오히려 아무런 무늬도 없는 밋밋한 초대장이었지만 초대한 사람의 이름의 무게는 결코 가볍지 않았다.

레디븐 백작.

그가 자신의 저택에서 주최하는 파티에 토릭슨을 초대한 것이다.

"불러주었으니 가봐야겠지. 내게 말하고 싶은 게 아주 많을 테니."

"에조 남작이 초대에 응했습니다."

초대 수락 소식은 곧장 레디븐 백작에게 전해졌다. 그의 방문을 기다리던 그는 며칠 뒤 열리는 파티에 참석하겠다는 의사를 전달받자 몸에 긴장을 풀었다.

"일단 한시름 놓았군."

"예, 시작이 절반인 것처럼 에조 남작의 초대는 큰 도움이 될 것입니다."

"그래야겠지."

고개를 끄덕이는 레디븐 백작의 표정은 전처럼 가볍지 않았다. 오히려 심각하게 굳어서 보는 사람이 긴장감을 느낄 정도였다.

"에조 남작의 협력을 이끌어낼 수 있을 것 같나?"

"그는 이야기가 잘 통하는 인물입니다. 합리적인 선에서 협력을 제시하면 받아들일 가능성이 높습니다."

"그렇군. 그렇게 되길 바라야겠지."

토릭슨과 적잖은 교분을 나눈 제이안의 말인 만큼 레디븐 백작은 그 의견에 힘을 실어주었다.

"카이후는?"

"요즘 심상치 않습니다."

"좋지 않아, 아주 좋지 않아."

"지금이라도 늦지 않았습니다. 확실한 관리가 필요합니다, 주군."

"……."

제이안의 말을 들은 레디븐 백작은 아무 말도 하지 않았다. 무겁게 표정을 굳힌 그는 조용히 눈을 감고 생각에 잠겨 있었다.

"주군!"

"카이후는 나를 오래전부터 보필해 왔다. 그가 날 저버릴 거라 생각지 않는다."

표정이 굳을 수밖에 없는 이유, 오래전부터 자신을 보좌하며 지금의 위치에 오르게끔 조언을 아끼지 않은 책사 카이후의 동향이 수상하다는 보고가 이어져서였다.

이는 심각한 사안이었기에 레디븐 백작도 조심할 수밖에 없었다. 그가 자신에게 바친 충성을 의심치 않지만 황가의 존속에 대한 고집은 알고 있어서였다.

그동안 히드로 2세의 역량을 조금도 의심치 않았기에 방관하는 면이 없지 않아 있었지만 상황은 점점 자신에게 좋지 않게 흘러가고 있었다.

"카이후의 이야기는 나중에 하도록 하지, 지금 중요한 것은 로운 후작의 협조다."

그가 힘을 보탠다면 호시탐탐 기회를 노리는 황제와 귀족들도 침묵을 할 수밖에 없으리라.

"예, 주군."

하고 싶은 말이 많았지만 제이안은 입을 다물었다.

카본 대공의 조언을 받아들인 로즈는 매일 수련 삼매경에 빠져들었다.

그녀는 결코 자만하지 않았다. 자신의 실력을 늘리기 위한 조언을 받아들이며 수련을 게을리 하지 않았고, 어떻게 하면 더 강해질 수 있는지 생각에 생각을 거듭함으로써 단점을 보완했다.

율리아의 조언과 카본 대공의 조언이 합쳐지면서 미숙하던 부분이 매끄럽게 변하고, 힘의 운용이 자연스러워지면서 체내에 웅크린 힘을 자유자재로 활용할 수 있게 되었다.

압도적인 강함.

눈앞에 서서 그녀의 공세를 감당하는 카본 대공은 그렇게 설명할 수밖에 없었다.

서걱!

옷자락 가슴이 벌어지면서 붉은 선이 그어졌다. 피가 흘러내리지 않았지만 조금이라도 더 깊었으면 치명상이 될 수 있었다. 이마저도 손속에 사정을 둔 것임을 아는 카본 대공은 허탈한 미소를 지었다.

"이 정도로 벌어질 줄은……."

"어떤가요?"

"해볼 만한 수준에 올랐다."

그녀가 묻는 내용.

그것은 티엘과 겨룰 만한 수준에 올랐냐는 물음이다.

"해볼 만한 수준……."

"하지만 모르겠다."

"무슨 뜻이죠?"

"내가 짐작한 그 녀석의 한계가 다르다는 걸 알게 되었다는 이야기다. 인간의 몸으로 마왕을 무찌른 것, 이 말은 네가 그 녀석을 꺾기 위해서는 마왕을 쓰러뜨릴 힘이 있어야 한다는 말이 된다."

"……."

소문은 들었지만 정말로 마왕을 쓰러뜨릴 줄이야.

얼마나 대단한 사실인지 율리아의 경악 섞인 목소리가 그것을 증명했다.

[못 쓰러뜨릴 것도 없지만 마왕은 인간의 몸으로 감당하는 게 불가능에 가까운데, 대체 당신은 얼마나 대단한 인간을 사랑하는 거죠? 혹시 드래곤이 인간으로 폴리모프한 건 아닌가요?]

'드래곤은 아니야.'

[그럼 순수한 인간이란 건데, 극의에 이르러도 마왕을 사냥하기는 힘들어요. 나도 그랜드 마스터를 뛰어넘어 인간의 육신을 벗어던졌을 때야 가능한 일인데…….]

그런 인간이 존재한다는 것과, 그 인간을 사랑하는 로즈 모두 정상적인 모습이 아니었다.

하지만 절망적인 소식을 들었음에도 로즈의 얼굴은 담담함 그 자체였다.

"그럼 수련을 더 해야겠네요."

"포기하지 않겠다는 이야기냐?"

"네, 저도 더 강해질 수 있으니까요."

"이것 참."

앞만 바라보는 진취적인 태도에 어떤 표정을 지어야 할지 카본 대공은 몰랐다. 분명 발전하는 모습은 기쁜 사실임이 분명했지만 이미 자신을 추월하여 아득히 앞서 나가는 모습은 상대적인 박탈감을 느끼게 만들었다.

"솔직한 마음을 말하자면 로즈 네가 그 녀석을 포기하길 원했다."

"……."

예상하지 못한 바는 아니었다. 티엘을 못마땅해하는 기색이 종종 느껴졌으니까.

"하지만 네가 그 녀석을 확실하게 넘고 싶다면 나도 전폭적으로 도우마."

"정말인가요?"

"물론이다. 내 사위가 되는 건 마음에 들지 않지만 확실하게 콧대를 꺾어놓았으면 하는 마음은 있으니까. 기왕이면 팔 하나 정도 부러뜨려 줬으면 좋겠는데."

"제 부군이 될 분인데 그럴 일은 없을 거예요."

"그렇겠지. 그래도 보고 싶어졌다. 그 녀석이 내 딸에게 검이 꺾이는 것을."

상대는 마왕을 꺾은 말도 안 되는 무위의 소유자였지만 카본 대공은 개의치 않았다.

로즈라면 충분히 가능했다. 육체가 재구성되고, 상상도 못 할 힘을 체내에 품은 그녀라면 충분히 인간의 한계를 초월할 수 있으리라.

"단, 네가 저택을 벗어날 수 있는 건 날 한 수에 제압할 수 있을 때다."

"…아버지를요?"

추월했다고 하나 카본 대공은 엘리멘탈 프로젝트를 익혀 로드의 경지에 오른 초인이다. 그를 한 수에 꺾는 것은 마왕조차 불가능한 일일 것이라.

"못할 것 같나?"

"…해보겠어요."

"좋다, 그럼 나도 적극적으로 널 돕겠다."

제 꾀에 넘어온 로즈를 보며 카본 대공은 미소를 지었다.

자존심 따위는 저 멀리 내팽개친 이 제안은 함정이었다.

아무리 로즈에게 뒤처진다고 해도 한 수에 제압당하는 일은 없으리라.

'절대 널 보내지 않겠다.'

[당신의 아버지도 굽힐 줄 모르는 인간이네요.]

'나도 열심히 하면 돼.'

불가능에 가까운 임무였지만 로즈의 두 눈은 의욕으로 불타오르고 있었다.

토릭슨이 참여한 파티에는 귀족들이 구름같이 몰려들었다.

마왕을 쓰러뜨린 티엘의 측근이라는 사실이 귀족들의 무거운 엉덩이를 움직이게 만든 것이다.

적당히 시간을 끌다가 파티 시작 무렵에 도착한 토릭슨은 상석에 앉아 있는 레디븐 백작에게 다가가 인사를 건넸다.

"토릭슨 에조입니다. 오랜만에 뵙겠습니다, 레디븐 백작 각하."

"이 자리에서 보니 유독 반갑군. 그동안 잘 지냈는가?"

"물론입니다. 주군께서 아주 거창하게 일을 벌이시다 보니 휘하 가신들이 퇴근도 못하고 죽어나가고 있습니다."

"그건 참 안 된 일이군. 하지만 가문의 힘이 강해지는 일이니 나쁜 건 아니지."

"하하! 안 그래도 모두 즐거운 마음으로 일을 하고 있습니다."

웃으면서 나누는 인사 속에 희미한 신경전이 깃들어 있었다. 감정을 겉으로 드러내지 않은 채 담담히 말을 건네는 레디븐 백작을 보면 전혀 흔들리고 있는 모습이 떠오르지 않았다.

'역시 범상치 않단 말이지.'

애당초 레디븐 백작을 흔들 수 있을 거라 생각지 않았다. 고개를 돌린 그의 눈에 들어온 것은 반가운 표정으로 다가오는 제이안이었다.

"초대에 응해주셔서 감사합니다, 에조 남작님."

"아닙니다, 그동안 쌓아온 친분이 있는데 당연히 초대에 응해야지요."

서로 계략을 겨루며 우정을 쌓았기에 둘 사이에 반가운 말이 오갔다.

그사이 파티는 시작되었고, 토릭슨에게 귀족들이 한 명씩 접근했다. 그들 대부분이 티엘의 안부를 묻는 것에서 시작되어, 중앙 정계에 진출할 의사가 있는지 여부로 귀결되고는 했다.

'힘이 빠져나가는 건가, 아니면 다른 걸 노리는 건가.'

힐끔 멀리 떨어진 레디븐 백작을 바라보았지만 속내를 파악하는 건 불가능했다. 분명 다른 생각을 가지고 있는 것이 분명했지만 섣부른 생각은 금물이었다.

당장 티엘에게서 그런 생각이 있는지 물어본 적도 없고, 본인이 황도 정계에 진출하는 귀찮은 일을 감수할 리도 없었다.

하지만 적당하게 포장함으로써 언제든지 황도에 힘을 끼칠 수 있는 여지를 남겨두었다.

"늦었습니다."

"이야기는 다 나누었나 보군."

"하하! 제 주군께서 인기가 많다 보니 사람들이 궁금한 게 많은가 봅니다."

이번 황도 방문에서 인기가 폭발하는 것을 느낀 토릭슨은 어깨를 으쓱하면서 너스레를 떨었다. 대부분의 귀족들과 한마디씩 나누었기에 더 이상 접근하는 이는 없었고, 자연히 주변에는 레디븐 백작과 토릭슨, 제이안만 남아서 대화를 나누게 되었다.

"나는 군사란 종족이 아니다 보니 에조 남작의 생각을 파악하는 것이 어렵더군. 하지만 요즘 내 위치가 흔들리고 있는 것 정도는 파악하고 있겠지.”

“잠깐의 소나기는 있을 수 있습니다. 하지만 그것은 얼마 지나지 않아 그치게 마련이지요. 저는 지금 황도의 상황을 스쳐가는 소나기라 생각합니다.”

“그렇게 생각해 주니 고맙지만, 현 상황은 내게 그리 좋지 않다.”

“…그렇습니까?”

지나치게 솔직한 말에 살짝 놀랐지만 감정을 겉으로 드러내지 않고 반문했다.

고개를 끄덕인 레디븐 백작이 제이안에게 눈짓을 하자, 앞으로 나선 그가 간략하게 말을 덧붙였다.

“여러 말을 드릴 수 없음을 죄송하게 여기지만, 주도권은 에조 남작님에게 넘어갔습니다. 저는 과거의 인연으로 에조 남작님께서 호의를 베풀어주셨으면 합니다.”

“호의라…….”

레디븐 백작을 만나고 미끼를 흘림으로써 간을 보려고 했던 토릭슨이었다. 히드로 2세와 레디븐 백작의 주도권 싸움에서 좀 더 많은 것을 얻어내려고 했지만 솔직함을 내세운 작전에 미리 계획한 것이 무용지물로 전락했다는 걸 깨닫게 되었다.

“솔직히 백작 각하께서 이렇게 말씀하실 줄 몰랐습니다.

확실히 의외입니다."

"목이 마른 사람이 우물을 찾는 법이지."

"맞습니다. 그리고 제가 주군에게 어느 정도 권한을 부여받고 온 것을 알아차린 것도 백작 각하이십니다."

"그게 무엇입니까?"

다급함 섞인 제이안의 물음에 토릭슨이 씩 웃음을 지었다. 잠시 생각을 정리함으로써 충분히 뜸을 들인 그는 툭하니 내뱉었다.

"세이주 지방입니다."

"……."

레디븐 백작과 제이안 두 사람의 몸이 뻣뻣하게 굳어갔다.

로운 후작가 비밀 연무장에 도착한 클레디오 백작의 시선 끝에는 자리에 앉아 있는 티엘의 모습이 눈에 들어왔다.

걸음을 옮겨 그의 앞에 도착한 클레디오 백작이 입을 열었다.

"날 왜 불렀지?"

"조용히 몸조리만 하면 심심할 것 같아서 불렀는데, 내 예상이 맞았나 보군."

"틀린 말은 아니지."

모든 힘을 발휘했지만 슈크라인의 상대가 되지 못하고 패했다. 이 같은 사실은 클레디오 백작의 자존심에 상처를 주었지만 그보다 더 괴로운 것은 패배하는 그 순간까지도 자신은 전력을 발휘한 느낌을 받지 못한 것이다.

전력을 발휘하지 못하는 몸.

그 사실은 아직도 드래곤의 힘을 온전히 자신의 것만으로 만들지 못했다는 자괴감을 선사했다.

부지런히 수련을 하면서 조금씩 더 강해지는 느낌을 받았지만 지금 자신이 어느 정도 위치에 있는지 클레디오 백작은 알지 못했다. 그걸 파악해 줄 수 있는 유일한 사람이 바로 눈앞의 티엘이다. 처음 볼 때와 전혀 변함이 없는 그의 모습을 볼 때면 때때로 자신이 초라해지는 것을 느끼고는 했다.

"근질근질하지는 않고?"

"매일 근질근질하다. 내 수준에 어느 정도에 이르렀는지 파악하는 게 불가능하니까."

"그럴 테지. 안 그래도 그것 때문에 불렀다."

"단지 그것뿐?"

"할 이야기도 있고."

"말해보도록."

티엘 앞에 털썩 주저앉은 클레디오 백작이 재촉했다. 잠시 입을 다문 그는 두 눈을 정면으로 응시하며 물었다.

"이대로는 곤란하다."

"뭔 말이지?"

"너무 약하다는 뜻이다."

"…가슴을 후벼파는군. 나도 내 힘에 만족하지 못하는 건 마찬가지다."

더 강해지고 강해져서 눈앞의 녀석을 완전히 뛰어넘고 싶은 것이 클레디오 백작의 마음이었다. 두 눈에 투쟁심이 깃드는 모습을 보며 티엘이 피식 웃었다.

"그 정도 생각은 누구나 갖고 있지. 내가 말하는 건 절박함이 없다는 뜻이다."

"절박함?"

"운 좋게 드래곤 하트를 주워서 재능과 맞물려 처음부터 강자로 자리매김을 하니 약자 입장이 되어본 적이 거의 없겠지. 그것이 지금 네 실력을 늘리는 데 큰 방해가 되고 있다."

"……."

클레디오 백작의 눈썹이 꿈틀거렸다. 티엘의 말은 그의 자존심을 제대로 건드린 것이다.

"막말을 하는군."

"그렇게 보이나? 하지만 넌 그런 말을 할 자격이 없다."

"왜지?"

"약자니까."

콰콰콰콰!

오만한 웃음과 함께 기세가 사방으로 폭사하니 클레디오 백작도 그에 맞춰 기세를 끌어 올렸다. 팽팽하게 맞선 두 기세가 허공에 충돌하면서 거대한 태풍을 일으켰다.

"인간들에게 이 정도만 되어도 충분하지만 정체되면 아주 곤란하지."

핏! 피비빗! 피빗!

티엘이 손을 들자 일정한 패턴으로 움직이던 그의 기세가 어그러지기 시작하더니 이내 불규칙한 공간의 굴절로 빠져들면서 클레디오 백작을 압박했다.

콰! 콰과과! 콰과!

자유자재로 공간을 넘나들며 전신에 짓쳐드니, 클레디오 백작도 별수 없었다. 때로는 강하고, 때로는 약한 힘이 완급 조절이 되어 압박해 오자 그의 표정이 일그러지면서 신음이 흘러나왔다.

"크읍!"

한 번 우위를 선점한 티엘의 기세는 적아를 가리지 않고 두들겼다. 그리고 기세가 흐트러지며 빈틈이 드러나기 무섭게 한 줄기 기세가 몸을 강타했다.

쾅!

"우웩!"

피를 토한 클레디오 백작의 몸이 거세게 떨렸다.

수준 차이가 난다고 하지만 기세 하나만으로 내상을 입을 정도라니…….

지독한 수치심과 함께 아득함이 밀려들자 어깨가 축 처졌다.

티엘의 눈을 바라보는 그의 눈은 거세게 떨리고 있었다.

"좋은 눈이다."

"……."

승자의 오만한 한마디는 패자에 대한 배려 따위는 존재하지 않았다.

"대결을 앞둔 자에게 필요하지 않지만 더 높이 올라서기 위해서는 필요하지. 지금 이 감정을 잊지 말고 기억해라. 그리고 한계에 봉착하고, 앞으로 나아가기 힘들 때 떠올려라. 그럼 더 강해질 수 있는 계기가 된다."

깊은 관록이 담긴 그 말은 클레디오 가슴 속으로 스며들었다.

눈을 감았다가 뜬 그는 잔뜩 매인 목으로 질문을 던졌다.

"…왜 내게 이런 호의를 베풀지?"

"더 강해지지 않으면 곤란하니까."

"곤란?"

"적어도 슈크라인은 감당할 수 있어야 내 계획이 편해질 거란 말이지."

의미심장한 미소를 보며 다른 생각을 품고 있는 걸 모를 리 없었다.

클레디오 백작의 눈이 가늘어졌다.

"뭔가를 꾸미고 있군."

"물론이다. 그 계획에 필요한 건 클레디오 백작, 너지."

"난 누군가에게 이용당하는 걸 싫어한다."

철저한 약자 입장에서 지독한 무력감을 느꼈던 그의 두 눈은 분노로 물들고 있었다. 자신을 계획의 도구 중 하나로 여기는 태도에 두 눈은 핏빛으로 물들었다.

그럼에도 티엘은 전혀 개의치 않는 기색이었다.

"아아, 그럴 수 있겠지. 하지만 내 계획을 들어보면 생각이 바뀔 거다."

"무슨 계획이지."

"마계의 문을 열 생각이다."

"…미쳤군."

상상을 초월한 미친 계획에 클레디오 백작마저 멍한 표정을 지었다.

"고민이 되는군, 이럴 때 제이론 녀석이 있었으면 결정내리기 편했을 텐데."

세이주 지방이라는 말도 안 되는 미끼를 투척한 토릭슨은 저택으로 돌아와 며칠 남지 않은 황도 생활의 마무리에 고민했다.

더 길게 잡았던 계획은 레디븐 백작가의 파티 참가로 대폭 수정을 했다. 그리고 자신이 원하는 위치를 확실하게 선점할 수 있었다.

히드로 2세와 레디븐 백작.

어느 쪽에 힘을 실어 보다 원하는 방향으로 상황을 이끌지 결정을 내리는 것은 전적으로 자신의 몫이었다.

두 진영의 장단점이 뚜렷했기에 토릭슨으로서는 선택에 신중을 기할 수밖에 없었다. 고민이 고민으로 이어지다 보니 자연히 제이론에 대한 아쉬움이 생겼다.

"어디를 선택한다……."

더 적극적인 것은 궁지에 몰린 레디븐 백작이었다.

헤셀 백작에게 대패를 함으로써 입지가 좁아진 레디븐 백작은 권력을 되찾아올 방안을 찾고 있고, 세이주 지방의 점령은 모든 실책을 단번에 덮어버릴 수 있는 사안이었다.

반대로 히드로 2세가 세이주 지방을 점령하게 되면 권력의 추가 기울게 된다.

토릭슨의 선택에 따라 황도 내 권력의 향방이 달라질 수 있는 상황.

그러다 보니 자연히 그에게 시선이 집중되는 것은 어쩔 수 없었다.

그로서는 더 많은 이익을 원하지만 티엘의 입장을 최우선적으로 고려해야 했다. 그는 지금 상황에서 원하는 것이 무엇일까.

"주군의 의중은 아무래도 좋다. 귀찮은 일이 벌어지지 않는 것을 원하실 테니."

귀찮은 일이 벌어지지 않길 바라는 마음에 세이주 지방이란 먹잇감을 주는 것이다. 그것은 추후 윈스터 후작가와의 충돌로 이어질 수밖에 없고, 그에 따라 로운 후작가로 향하는 길을 가로막는 완충제 역할을 할 테니.

홀로 생각을 정리하던 그는 빠른 걸음으로 다가오는 집사를 볼 수 있었다.

"에조 남작님."

"무슨 일이지?"

"폐하께서 부르십니다."

"……."

표정을 굳힌 그가 고개를 끄덕였다.

비밀리에 히드로 2세를 알현한 토릭슨이 예를 취했다. 표정을 지운 그는 감정의 기복이 느껴지지 않는 음성으로 그를 맞이했다.

"다시 보는군."

"폐하를 뵙습니다."

"늦은 시간에 그대를 부른 것은 하고 싶은 이야기가 있어서다."

"말씀하시옵소서."

절대 먼저 나서지 않으면서 이어질 말을 기다리는 그였다. 잠시 그를 내려다보던 히드로 2세는 가볍게 한숨을 내쉬며 입을 열었다.

"짐이 먼저 의중을 꺼내길 원하는 건가? 역시 로운 후작의 가신이로군."

칭찬인지 욕인지 모를 말에도 토릭슨은 아무런 반응을 하지 않았다.

늦은 밤 자신을 불렀다면 용건이 있다는 뜻이고, 기다리면 애가 닳아 먼저 말문을 열 수밖에 없으리라.

"짐이 남작을 부른 이유는 레디븐 백작과 같다."

"예……."

본능적으로 레디븐 백작과 나눈 이야기가 고스란히 히드로 2세에게 들어갔다는 것을 알아차릴 수 있었다. 하지만 그는 절대로 자신의 생각을 드러내지 않았다.

"끝까지 말을 하지 않는군."

"송구합니다."

“좋다, 짐이 불렀으니 용건을 꺼내 드는 수밖에. 레디븐 백작에게 세이주 지방을 양보할 용의가 있다는 걸 들었다. 짐이 보니 그대는 세이주 지방이라는 미끼로 짐과 레디븐 백작을 저울질하고 있더군.”

“…….”

적나라한 표현이 이어지자 날카로운 기세가 토릭슨에게 쏘아졌다. 뒤에 서 있던 하브리스 공작이 경고의 의미를 담아 기세를 드러낸 것이다. 등이 축축하게 젖어가는 걸 느낀 그는 조용히 침묵하며 이어질 말을 기다렸다.

“적극적으로 달려드는 레디븐 백작에게 마음이 기우는 것이 당연하겠지. 하지만 책사인 그대라면 어느 정도 상황을 주시하면서 계산을 굴릴 터. 짐의 말이 틀린가?”

“…모두 맞습니다.”

자신의 속내를 꿰뚫어 보는 듯한 말에 토릭슨은 고개를 끄덕였다. 이것이 히드로 2세의 식견인지 아니면 다른 책사의 조언인지 몰라도 간담이 서늘해지는 순간이었다. 자신이 제국의 황제의 마음을 멋대로 조종하려 했다는 죄를 살 수도 있던 것이다.

“이해한다, 에조 남작. 하지만 그 행동이 잘못되었다는 걸 모르지 않겠지?”

“신이 씻지 못할 죄를 지었나이다.”

"용서한다. 짐을 제국의 지배자라 칭하지만 더 이상 진정한 지배자가 아닌 것을 알고 있으니까."

"어찌 그런 말씀을 하십니까."

화들짝 놀란 토릭슨이 고개를 저었다. 여기에서 잘못 대응을 하면 바로 목이 날아가도 이상할 것 없었다. 아니나 다를까 뒤에서 흉흉한 기세를 발산하는 하브리스 공작을 보며 자신이 함정에 걸려들었다는 것을 깨달았다.

"그래서 짐은 그대에게 제안을 하고자 한다."

"어떤 것입니까?"

"그대에게도, 로운 후작에게도 손해가 되지 않을 제안이다."

히드로 2세의 입가에 미소가 번져 갔다.

파티에서 긍정적인 반응을 보였지만 토릭슨은 며칠이 지나도록 확실한 대답을 내놓지 않았다. 하루하루 시간이 흐르고 그가 헤인즈 지방으로 돌아갈 날이 다가오자, 더 이상 참지 못하고 제이안을 파견하여 확실한 답을 얻어오도록 했다.

"어떻게 하실 겁니까?"

"……."

토릭슨은 여전히 고민에 빠진 표정이었다. 손에 쥐고 있는 확실한 패를 내놓지 않으려는 모습에 제이안은 이해했지만 현재 상황이 자신들에게 좋지 못했다. 한시라도 빨리 확답을 얻어야 했기에 다시 한 번 재촉했다.

"남작님, 답을 주십시오."

"…세이주 지방을 맡기도록 하겠습니다."

"감사합니다. 그 결정을 후회하지 않도록 최선을 다하겠습니다."

원하는 대답을 얻어낸 제이안이 밝아진 표정으로 감사의 인사를 건넸다. 세이주 지방 점령에 앞장설 수 있다면 레디븐 백작의 위치는 본래대로 돌아오게 되리라.

"대신, 본가에서 지원해 줄 수 있는 것은 없습니다."

"무슨 의미입니까?"

"현재 노이벨류 강까지 점령한 경계를 인정하고, 세이주 지방의 점령은 온전히 레디븐 백작 각하의 역량으로 해내셔야 한다는 뜻입니다."

"으음."

확실하게 선을 긋는 모습에 제이안은 침음을 삼켰다. 세이주 지방을 공략하기 시작하면 몇 가지 도움을 청하려던 것이 사전에 차단된 것이다.

헤셀 백작이 대부분의 병력을 잃었다고 하나 여전히 그 힘 상당 부분은 건재했다. 그리고 세이주 지방을 차지하기 위해서는 어느 정도의 희생이 불가피했다. 오래전부터 헤셀 백작이 다스려 왔으며, 마왕의 군세로 전락한 그들은 필사적으로 항전할 것이 분명했다.

이 상황에서 레디븐 백작이 힘을 동원하더라도 상당한 피해는 어쩔 수 없다. 여기에 기회를 노릴 윈스터 후작가까지 감안하면 경우의 수는 복잡해진다.

"조금도 도움을 주실 수 없습니까?"

간절함이 담긴 말에 토릭슨은 조용히 고개를 저었다.

"받아들이지 않는다면 어쩔 수 없습니다."

"알겠습니다. 에조 남작님의 성의를 받아들이겠습니다. 세이주 지방 공략을 양보해 주신 점, 다시 한 번 감사드립니다."

"주군께서는 레디븐 백작 각하의 도움을 잊지 않고 계십니다. 앞으로 친분을 유지하며 어려울 때 서로 의지할 수 있는 관계가 되었으면 좋겠습니다."

"그것은 제 주군도 같습니다. 앞으로 좋은 인연을 기대하겠습니다."

로운 후작이 적이 아니라는 점에서 제이안은 마음을 놓았다. 그리고 거듭 감사한 마음을 담아 인사했다.

고개를 끄덕이는 토릭슨의 표정은 마냥 밝지 못했다.

세이주 지방의 소유권을 놓고 토릭슨이 황도로 향한 것은 가문의 모든 의견이 모아진 것은 아니었다.

그저 티엘의 결정이 있었기에 황도로 향한 것일 뿐, 내부에서는 여러 가지로 잡음이 일어났다.

가장 의외인 것은 친분을 유지하고 있는 제이론이 부정적인 반응을 보였다는 점이다.

군사부에 들른 그를 향해 제이론이 염려 섞인 목소리로 말했다.

"주군, 토릭슨 형님에게 모든 것을 맡겨도 되겠습니까?"

"안 될 건 없을 텐데."

"그래도 토릭슨 형님은 주도적으로 모든 일을 해결하기에 무리가 따릅니다."

오랫동안 함께해 왔기에 토릭슨의 능력을 누구보다 잘 알고 있는 제이론이었다.

책사로서의 자질은 누구보다 뛰어나지만 전면에 나서서 협상의 밀고 당기기를 하며 원하는 것을 얻어내는 건 능하지 못했다. 또한 성격도 다혈질이어서 어디에 휩쓸리기 쉬웠다. 제이론이 걱정하는 부분은 한두 가지가 아니었기에 차라리 다른 사람에게 전권을 부여하길 원했다.

"그렇게 볼 수도 있다. 하지만 나와 생각은 다르군."

"고견이 있으시면 알려주십시오."

"앞에 나열한 것은 사실이다. 하지만 그 이면을 보면 토릭슨만 한 적임자가 없지."

제이론과 조용히 귀를 기울이던 클리멘트 남작의 눈에 이채가 서렸다. 자신들이 보지 못한 무언가를 티엘은 본 것임이 분명했던 것이다.

"우선 앞에 나서서 사람들의 이목이 집중되어도 평온을 유지하는 두꺼운 얼굴이다. 이런 배짱은 아무나 지닐 수 있는 게 아니지. 이는 협상 자리에서 냉정을 유지할 수 있다는 뜻이다."

"아!"

단점도 뚜렷하지만 그만큼 장점도 뚜렷하기에 제이론은 탄성을 터뜨렸다. 클리멘트 남작도 고개를 끄덕이며 동감을 표했다.

티엘의 말이 이어졌다.

"그리고 계략을 짜는 성향을 보면 상대의 빈틈을 노리고 그것을 극대화하여 질 수 없는 환경을 만든다. 협상에 이걸 적용하면 우리가 원하는 모든 것을 얻어낼 수 있지."

"맞는 말씀입니다."

"마지막으로, 여기 책사들 중 그 녀석만큼 남이 받들어주는 걸 좋아하는 녀석이 없다."

"예?"

"한마디로 권력 누리는 걸 마다하는 성격이 아니라는 점이다. 복수가 완성되어 가는 시점에서 그 정도 여유가 생겨나고 즐기고 있지. 너희 둘은 그만한 대접이 이어지면 제대로 냉정을 유지하지 못할 거다."

"……."

"허어!"

직설적인 티엘의 말에 제이론은 물론이고 클리멘트 남작마저 가볍게 침음을 흘렸다.

머리를 쓰는데 특화된 자신들과 달리 토릭슨은 노는 데에도 일가견이 있는 게 떠오른 것이다.

"어떻게 그걸……."

"뻔한 것 아닌가. 한동안 술집에 토릭슨이 뜨면 재신이 강림한다는 소문이 돌 정도던데. 제이론 너도 같이 술자리에 참여한다는 말이 들려왔지."

"하, 하하!"

정곡을 찌르는 말에 제이론은 웃음을 흘렸고 클리멘트 남작은 가볍게 몸을 떨었다.

대수롭지 않게 말하고 있지만 책사들의 모든 평판을 파악하고 있던 것이다.

"결혼하고 나서 정신을 차린 것 같지만 이런 환경에 가장 잘 적응하는 건 토릭슨밖에 없지. 그 외에도 몇 가지 더 있는데 들어보고 싶나?"

"아, 아닙니다! 맞는 말씀입니다."

숨겨진 과거가 모두 드러날 위기에 처한 제이론은 거세게 고개를 저었다.

"그렇다니 어쩔 수 없군. 꽤 흥미로운 이야기가 많은데 말이지."

"으음!"

의미심장한 그의 표정에 제이론의 얼굴에 암울함이 서렸다.

그것은 자기 자신을 향한 것보다 토릭슨을 향한 애도였다.

'토릭슨 형님은 평생 노예 당첨이군.'

군사부의 책사 세 명은 저마다 대륙의 정세를 뒤집어 버릴 수 있는 책략의 소유자였지만 가문 내에서 맡은 분야는 각기 달랐다.

넓은 시야로 대국을 볼 줄 아는 제이론은 가장 큰 틀을 제시하고 유리한 상황 조성에 탁월하다면 토릭슨은 실시간으로 전해지는 정보를 토대로 당장의 상황을 조정하는 능력이 탁월했다. 그리고 클리멘트 남작은 과거와 현재의 정보를 바탕으로 미래를 추론하고 그것을 계략화시킬 수 있는 책사였다.

"클리멘트 남작."

"예, 주군!"

"아이주 지방을 차지하고 얼마 지나지 않아 노이안 지방을 점령했다. 이는 헤인조 지방, 나아가 본가의 역량만으로 벅찬 일이다."

"주군!"

"내 말이 틀렸나?"

"…아닙니다."

현재 로운 후작가는 매우 아슬아슬한 상황에 봉착해 있었다.

윈스터 후작가가 자리 잡은 북부 지방도 아니고, 황도가 위치한 중부 지방도 아닌 가장 낙후된 남부 지방이기에 인구가 부족했다.

이는 자연히 동원 병력이 줄어드는 효과를 낳았고, 아이주 지방, 노이안 지방을 점령함으로써 군사 동원력이 한계에 다다른 상황이다.

"이런 상황에서 병력을 늘리는 것도 부담으로 작용하지. 이에 대한 대책이 있나?"

북부로 셰어드 요새를, 서북부로 위클린 공작의 칼헤린 지방을 경계하고 있고, 동북부로 노이벨류 강을 방비하고 있다. 남으로 소수민족과 사막 부족, 블레임 왕국을 견제하기 위해서는 일정 숫자의 군이 주둔하는 것은 반드시 필요했다. 그리고 수적과 해적을 경계하기 위해 군을 동원하고 있는 상황에서 한계 이상의 여력을 짜내고 있다고 해도 과언이 아니다.

"……."

상황이 쉽지 않음을 느낀 제이론도 표정을 굳히며 생각에 빠져들었다.

깊은 생각에 잠겨 있던 클리멘트 남작이 입을 열었다.

"주군, 아스트롱 공작가에 도움을 청하는 것이 어떻겠습니까?"

"아스트롱 공작?"

"예, 지난 전쟁의 여파로 큰 피해를 입었지만 아스트롱 공작가의 클루스 지방은 인구가 많은 지역입니다. 그곳의 도움을 얻어 서북부 전선의 부담을 덜 수 있다면 가용 병력이 한결 나아질 것입니다."

"나쁘지 않군, 이미 우리에게 빚이 있으니."

"뿐만 아니라 각 가문에 공문을 보내 병력을 차출하는 것이 좋을 듯싶습니다."

"이유는?"

"아이주 지방 주둔의 병력 같은 경우는 더 이상 정예병을 배치할 필요가 없습니다. 아직 시간이 필요하지만 이미 주군에게 완벽히 굴복하고 있는 지금, 대체 병력을 투입해도 좋을 시기입니다."

노이안 지방을 점령하고 마왕을 무찌른 지금, 티엘의 이름은 제국 전역에서 절대적인 힘을 발휘한다고 해도 과언이 아니었다.

이런 상황에서 아이주 지방 같은 작은 가문이 난립한 곳에서 다른 꿍꿍이를 먹는 자가 나올 리 없었다. 확신 어린 클리멘트 남작의 말에 턱을 매만지던 티엘의 시선이 제이론에게 향했다.

"네 생각은?"

"클리멘트 남작님의 말씀이 옳습니다. 아이주 지방에 많은 병력을 주둔시킬 이유는 없습니다."

"좋다, 그럼 제안을 받아들이지. 아스트롱 공작가에 사신을 보내도록."

지금 할 수 있는 최선, 티엘은 더 이상 다른 세력을 이용하는 것을 망설이지 않았다.

제4장

거사

토릭슨이 황도를 벗어날 무렵, 거센 충격이 제국 전역을 휩쓸기 시작했다.

세이주 지방의 진격!

이미 한 차례 패배를 겪음으로써 역량의 한계를 내비쳤던 레디븐 백작이 재차 군을 일으켜 세이주 지방을 공략할 것을 천명한 것이다.

이것이 의미하는 바는 컸다.

현재 헤셀 백작이 장악하고 있는 세이주 지방은 괴멸 직전에 놓였다고 해도 과언이 아니다. 그가 굳게 믿고 있던 전마왕 슈크라인이 패배를 함으로써 불패의 군대도 와해되었고, 마블론의 맹활약으로 노이벨류 강까지 빼앗김으로써 회생의 여지가 사라지게 되었다.

그런 와중에도 윈스터 후작이나 레디븐 백작이 움직이지 못한 이유는 간단하다.

티엘의 허락.

마왕을 물리치고 이제 제국제일인에서 대륙제일인, 역사상 통틀어 가장 위대한 초인으로 추앙받는 그의 존재감이 깊게 드리웠기 때문이다.

이번 전쟁도 사실상 티엘의 허락이 떨어지면서 시작되었으니 그의 입김이 제국의 황제를 뛰어넘는 현상이 발생하게 되었다.

자연히 사람들은 이러한 현상을 히드로 2세가 어떻게 반응할지 궁금히 여겼다. 이번 세이주 지방 점령 작전은 레디븐 백작을 실각시킬 수 있는 빌미를 잃어버리고 주도권을 내어줄 수 있는 것으로 해석될 수 있어서였다.

당연히 하브리스 공작은 세이주 지방으로 원정을 떠나는 레디븐 백작을 몰아낼 것을 주장했다.

"지금이 아니면 기회는 없습니다."

"아니, 괜찮습니다."

"폐하!"

"아직은 때가 아닙니다."

"……."

"짐은 에조 남작과 약속을 했습니다. 지금은 때가 아닙니다. 아직은 힘이 부족해요. 좀 더 많은 인원이 짐의 힘이 되어 줘야 합니다."

"레디븐 백작이 황도에 없음에도 말입니까?"

그가 모든 전력을 이끌고 세이주 지방에 나선 지금, 황도를 점령하고 권력을 행사하기 최적의 시기였다. 의아함이 담긴 하브리스 공작의 시선에 히드로 2세가 웃음을 지어 보였다.

"그를 내쫓듯이 보내면 힘이 두 개로 나뉘게 되지 않습니까? 짐은 레디븐 백작령과 라이오너 후작령, 세이주 지방 전체를 원합니다."

"아……."

그제야 히드로 2세의 노림수를 간파한 하브리스 공작은 탄성을 흘렸다.

그는 좀 더 많은 것을 원하고 있던 것이다.

"가능합니다. 지금 우리는 그만한 힘을 지니고 있습니다. 더 이상 레디븐 백작은 짐의 위협이 되지 못합니다. 그럼에도 침묵하고 있는 것은……."

순간 두 눈에 일렁인 것은 강렬한 욕망이었다.

그 끝에 자리한 것은 무엇일까.

말을 하지 않아도 알 수 있었다. 그리고 그 예상은 틀리지 않았다.

"로즈 누님을 부인으로 맞이할 것입니다. 이것이 짐의 진정한 목표입니다. 그러기 위해서는 누구보다 강해져야 합니다. 강한 권력! 제국의 정점! 그것이 짐이 바라는 점이자 소망입니다."

"……."

어딘지 모를 광기가 느껴지는 그의 말에 하브리스 공작은 눈을 감았다.

'정녕 옳은 것인가.'

그 부분에 대해서 하브리스 공작은 심각한 고민이 들었다.

아스트롱 공작가가 위치한 클루스 지방은 불과 십 년 전까지만 해도 바람 잘 날이 없는 곳이었다.

지리적으로 사방이 둘러싸인 곳이다 보니 매번 적과 마주하는 형세를 이루고 있었으며, 외부로 진출은커녕 곳곳의 강자들에 맞서 현상유지를 하는 데 급급한 모습을 보였다.

하지만 근래 들어 그런 흐름은 단번에 바뀌었다.

강적이 즐비하던 형세에서 북쪽은 일망타진이 되었으며, 동쪽은 동맹에 가까운 관계를 맺으면서 부담을 덜었다. 두 곳의 전선이 안정화된 이유는 간단했다.

사위의 존재.

제국사대미녀로 유명하던 크레티아가 로운 후작에게 시집을 감으로써 아스트롱 공작가의 탄탄대로는 시작이 되었다.

클루스 지방의 맹주를 맡고 있지만 아스트롱 공작가의 힘은 그리 강하지 않았다.

"허허! 오랜만에 사위에게서 소식이 오는군."

편지 내용을 읽는 아스트롱 공작의 입가에 짙은 미소가 걸렸다.

도움을 청하는 내용이었지만 그의 기분은 좋기만 했다.

"아버지."

"무슨 일이냐, 오비에른."

"로운 후작가에서 도움 요청이 들어왔다는 이야기를 들었습니다."

"네가 들은 그대로다. 로운 후작가에서 병력 지원을 해달라고 하더구나."

"도우실 생각입니까?"

"…지금 그 질문이 무슨 의미인 것이냐?"

푸근한 할아버지 인상이었던 아스트롱 공작의 표정이 서늘하게 가라앉았다. 날 선 그 모습에 멈칫했지만 입술을 지그시 깨문 오비에른은 차분하게 말을 이어나갔다.

"저는 병력 지원에 있어 좀 더 신중한 모습을 보여줘야 한다고 생각합니다."

"오비에른!"

"본가는 로운 후작가의 봉신가가 아닙니다. 그들의 제안에 긍정적으로 생각하더라도 우선 고민하는 것이 중요합니다."

"여차하면 돕지 않겠다는 걸로 들리는구나."

"아닙니다."

고개를 저으며 부인하는 오비에른이지만 아스트롱 공작의 눈은 가늘어졌다. 유한 모습으로 다른 사람을 편하게 만들어 주는 그였지만 괜히 한 지방의 맹주를 해내는 것이 아니었다.

"네가 로운 후작과 불편한 관계라는 건 잘 안다. 그리고 그 앙금이 풀리는 것도 쉽지 않겠지."

"……."

"하지만 세상에는 흐름이라는 것이 존재한다. 오비에른, 너는 매제를 인정하지 못하고 질투의 대상으로 여기려는 것이냐?"

"그런 것이 아닙니다!"

"그럼?"

"분명 열등감을 느끼는 것은 사실입니다. 하지만 제가 하고 싶은 말은 이대로 가문이 봉신가로 전락하는 걸 막고자 하는 것입니다! 절대 다른 감정이 아닙니다."

일선에서 물러난 만큼 가문의 대소사는 오비에른의 주관

하에 이루어지고 있다. 물러났지만 가문이 어떻게 돌아가고 있는지 알고 있는 아스트롱 공작으로서는 두 눈에 힘을 주고 말을 하는 오비에른의 말을 허투루 흘릴 수 없었다.

잠시 생각에 잠겨 있던 그는 고개를 끄덕였다.

"알겠다, 네 말도 틀린 것이 아니지."

"감사합니다, 아버님!"

"하지만 이번에는 병력을 파견할 생각이다."

"어찌하여?"

"이 편지에 제법 내용이 소상하게 적혀 있더구나. 사위 입장에서 급할 때 장인의 힘을 빌릴 수밖에 없는 게지, 흘흘. 과거 가문을 구해준 적도 있으니 이번에는 그 신세를 갚을 생각이다."

'틀렸군.'

강한 힘이 깃든 아스트롱 공작의 말을 듣고 오비에른은 자신이 설득할 여지가 존재하지 않는다는 걸 깨달았다. 자신을 설득하려는 것과 별개로 신세 진 것을 언급함으로써 처음 결정을 전혀 물리지 않은 것이다.

아버지에게 자신은 이 정도밖에 되지 않았던가?

가슴 깊숙한 곳에서 퍼져 나가는 열등감에 오비에른은 입술을 지그시 깨물었다.

이미 결정이 난 사안을 가지고 더 물고 늘어지는 것은 점수만 깎아먹을 뿐이다.

지금 자신이 할 수 있는 것은 수긍하는 모습을 보이며 조용히 따르는 것뿐.

마음 속 깊숙한 곳에서 피어나는 불길을 억누르며 고개를 끄덕여 보였다.

아스트롱 공작의 발 빠른 움직임은 로운 후작가의 부담을 덜어주었다.

군의 역량 면에서 최고를 보여주고 있지만 남부 지방은 오랫동안 인구가 부족했던 곳이었다. 자연히 넓은 방어선을 커버해야 하는 로운 후작가 입장에서 병사의 숫자가 부족해지고, 그러던 차에 이어진 아스트롱 공작가의 지원은 가뭄의 단비와 같았다.

처음부터 성공을 확신하던 군사부와 달리 가신단은 이에 대해 여러 가지 우려가 있었는데, 현재 아스트롱 공작이 일선에 물러나 있지만 실권을 쥔 오비에른과 티엘의 사이가 그리 좋지 못하다는 것을 잘 알고 있어서였다.

하지만 일이 수월하게 진행되니, 군의 배치와 운영이 한결 나아질 수 있었다.

중요한 일을 가신들에게 미뤄둔 채, 유유자적 시간을 보내고 있는 티엘에게 뜻밖의 인물이 찾아왔다.

웬만하면 혼자만의 시간을 즐기려던 그였지만 찾아온 이는 그에게도 굉장히 중요한 인물이었다.

"무슨 일이지?"

"물어볼 것이 있어 찾아왔다."

티엘을 찾은 것은 다름 아닌 클레디오 백작이었다.

저번 대화 이후, 그는 연무장에 틀어박혀 외부와의 만남을 일절 갖지 않은 채 수련에 힘을 쓰고 있었다.

여차하면 마계의 문을 열어버리겠다는 티엘의 말에 한시도 지체할 수 없었던 것이다.

"얼마든지 묻도록."

클레디오 백작이 궁금해할 것이면 몇 가지 되지 않는다. 그가 강해진다는 것은 자신의 귀찮음을 덜 수 있다는 의미였기에 자리를 권한 뒤, 조용히 말을 기다렸다.

"저번 이야기를 듣고 의아함이 들더군."

"어떤 걸 말하는 거지?"

"마계의 문을 여는 걸 말하는 것이다."

"아아. 뭐가 궁금하지?"

가볍게 고개를 끄덕이며 쉬이 대답해 줄 듯한 태도에 클레디오 백작이 미간을 모았다.

제아무리 흔들리지 않는 마음을 지녔다고 하나 마계의 문을 여는 것은 별개의 사안이다.

젊은 시절부터 최강으로 군림하고, 그 누구에게도 패배하지 않을 거란 투쟁심에 불타는 클레디오 백작도 마계의 문을 열겠다는 말은 상식상 납득할 수 없었다.

"대체 무슨 생각이지?"

"마계의 문을 연다는 게 그렇게 충격적인가?"

"그럼 대륙의 공적이 될 수 있는 말을 듣고 가만히 있는 게 쉬운 줄 알았나."

"대륙의 공적이라……."

날선 그의 음성에 고개를 끄덕인 티엘은 입꼬리를 말아 올렸다.

그의 말마따나 마계의 문을 열겠다는 말이 알려지기라도 하면 대륙의 공적이 되는 것은 순식간이다.

그만큼 마왕의 존재는 무시무시했다. 아니, 전생 당시에는 마왕이 온전한 힘을 지니지 못한 채 강림했지만 차원의 벽이 얇아짐에 따라 더 많은 힘을 갖고 강림하는 것이 가능해지고 있다.

이 말은 즉, 마왕보다 더 높은 서열인 대마왕과 마황이 강림할 수 있다는 뜻이다.

마왕보다 더 높은 서열의 대마왕과 마황은 강대한 힘 때문에 여태껏 중간계에 단 한 번도 모습을 드러낸 적 없는 존재였다.

지금 자신도 승부를 장담할 수 없는 미지의 존재였다.

"확실히 당시에는 무시무시한 말이지."

"내 질문에 대답해 줬으면 좋겠군."

"말 그대로다. 여차하면 마계의 문을 열고 마족들을 끌어들일 생각이다."

"왜 그런 짓을 하지?"

"그럼 순순히 마왕이 강림하도록 기다려 주는 게 옳다고 생각하나?"

"그것과는 별개의 일이다."

전마왕 슈크라인 하나만으로 제국의 세력 구도가 뒤틀릴 정도였다. 만약 티엘과 클레디오 백작이 없었다면 힘을 키운 헤셀 백작은 제국 전체를 집어삼켰을지도 모르는 일이다.

그만큼 무시무시한 존재들이었지만 티엘은 전혀 개의치 않았다.

"마계의 문을 여는 것은 중간계를 멸망시키는 행위가 될 것이다."

며칠 동안 수련을 하면서 고민을 거듭한 끝에 내린 결론이었다.

하지만 티엘은 단호하게 고개를 저었다.

"그렇게 볼 수도 있지만 내 생각은 달라. 이대로 두면 암약하는 마왕에 의해 마계의 문은 열리고 만다. 그럼 더 강한 마왕이 중간계에 모습을 드러내겠지."

"가능성에 매달리는 것이다."

"그럼 기다리자고?"

"굳이 먼저 나설 필요는 없다고 본다."

전마왕 슈크라인을 상대하면서 마왕이 얼마나 강한 존재인지 깨닫게 되었다. 더 충격적인 건 그가 온전한 힘을 발휘하지 못하는 상태였다는 것이며, 마계에 무수히 많은 마왕 중 하나뿐이라는 것도 충격적이었다.

"두려움을 가졌군."

"두려움이라? 내가 두려움을 느끼고 있다는 말인가?"

"그게 아닌 것처럼 느껴졌나? 넌 지금 마왕의 존재에 두려움을 느끼고 있다."

"……."

클레디오 백작의 표정이 싸늘하게 가라앉았다. 하지만 티엘의 표정에 변함이 없었다. 이미 그의 실력이 얼마나 강력한지 잘 알고 있고, 검을 겨뤄봤자 처참한 패배만 겪을 뿐이란 걸 안다.

"내면의 두려움은 네가 만들어낸 허상에 지나지 않는다. 극복해라, 검을 잡은 자라면 누구나 겪는 작은 심마에 불과하다."

"내 반응이 심마인가?"

"드래곤의 기운은 마왕을 두려워하지 않지. 그 말은 인간인 네가 마왕에게 두려움을 느끼고 있다는 뜻이 된다."

"난 마왕을 두려워하지 않는다."

"그럼 왜 날 찾아와 계획을 막으려고 하지? 조용히 수련을 하면서 더 강한 적과 싸울 것을 기대하며 준비하면 되는 것 아닌가?"

"그건……."

점점 할 말이 사라지는 것을 느끼며 클레디오 백작이 이를 꽉 물었다. 간단하지만 티엘의 말 한마디는 소거법이 되어 꽁꽁 숨겨놓은 두려움의 껍데기를 하나씩 떼어가고 있었다. 그리고 종래에 드러난 속살은 마왕에 대한 깊은 두려움이었다.

"누구나 한 번쯤 겪는 일이다. 두려워하지 말고 부딪쳐라. 그럼 모든 것은 수월하게 풀릴 테니."

"…가능할 거라 보나?"

"이미 넌 인간이 아니란 것만 알아둬라."

드래곤의 힘을 이어받은 순간, 자신은 인간보다 드래곤과 섞인 드래고니안에 가까워졌다. 지금 내면에 잠들어 있는 힘은 당장 세상을 파괴해 버릴 수 있는 강력한 힘의 응집체 자체였다.

"좋다, 믿도록 하지. 최선을 다해 수련을 하도록 하겠다."

"지금처럼 짐이 되면 곤란하다는 것만 알아두도록."

"물러가지."

자존심을 긁는 말에 안광을 뿌린 클레디오 백작이 물러났다.

그 뒷모습을 조용히 바라보던 티엘은 홀로 남게 되자 의자에 몸을 묻었다.

"마계의 문을 열기 위해서는 많은 준비가 필요하겠지."

다른 누가 인정해 주길 바라서 하는 일이 아니다. 영웅놀이는 이미 전생에 끝을 냈고, 그 결말이 좋지 않다는 것도 잘 알고 있다.

지금처럼 모든 일을 손에 넣고 움직일 수 있다면 판은 만들어질 것이다.

그 판에서 마음껏 날뛰기만 하면 된다.

"나도 게으름을 부릴 때가 아니지."

마계의 문을 여는 그 순간을 위해 티엘도 조용히 자리에서 일어났다.

목표는 황궁이다.

카본 대공을 한 수에 제압하기 위해 로즈는 부지런히 수련에 임했다. 그것은 점점 더 강해지는 결과를 만들어냈지만 동시에 치명적인 단점을 초래하기 시작했다.

[불가능하답니다.]

"왜?"

[이대로 한 수에 제압하는 건 절대 불가능해요. 오히려 제압하기가 점점 더 힘들어질 거랍니다. "

"…대체 무슨 이유인데?"

부정적인 율리아의 대답에 로즈는 표정을 딱딱하게 굳혔다. 그녀가 말하고자 하는 바가 무엇인지 알 수 없어 어떻게 말을 해야 할지 몰랐다.

[여태까지 우위를 점할 수 있던 것은 실력 차이도 있지만 검술의 덕분이라고 할 수 있어요. 알고 있나요?]

"알고 있어."

블러디 로즈의 검술은 사각에서 파고드는 악랄함 자체다. 빈틈을 노리고, 상대의 호흡을 빼앗아 우위를 점하는 블러디 로즈의 검술은 처음 상대하는 적에게 재앙 그 자체였다.

[처음에는 검술의 우위를 점할 수 있었지만 이제 그 한계가 다가오고 있어요. 조금씩 익숙해지는 과정을 거치고, 완전히 검의 원리를 파악하게 되면 한 수에 제압하는 것은 불가능해져요.]

"그럼 어떻게 해야 하는데?"

몸에 좋은 약이 쓴 법이지만 좋아할 수는 없는 법이다. 대안은 내놓지 않고 부정적인 말만 늘어놓는 율리아의 말투에 로즈가 기어코 미간을 찌푸렸다.

[두 가지 방법밖에 없어요.]

"두 가지나 있는 것 아닌가?"

[모두 쉬운 방법이 아니니까요 들어보겠어요?]

"물론."

[첫 번째는 기초부터 다시 수련을 하는 거예요. 현재 당신은 블러디 로즈의 검술을 익히기 위한 최소한의 기초만 쌓은 상태랍니다. 이건 속성법으로 빠르게 실력을 기르게 해줬지만 반대로 다른 기초는 부실할 수밖에 없는 부작용을 만들어 냈어요. 다른 방면에 부족한 것을 채워야 더 높은 경지로 나아갈 수 있지요.]

"시간이 오래 걸리겠네."

다른 사람이 몇십 년 동안 수련을 해서 쌓은 경지를 단기간에 올라선 로즈였다. 아무리 뛰어난 마나 연공법과 검술이라고 해도 어딘가 파탄이 드러날 수밖에 없었다.

[후후! 맞는 말이에요. 두 번째 방법은 좀 더 빠르게 해결을 할 수 있답니다. 하지만 로즈, 당신이 그리 좋아하지 않을 거예요.]

"결정은 내가 내리니까 먼저 말해봐."

[제게 몸을 맡기는 거예요.]

"뭐?"

[말 그대로랍니다. 로즈 당신이 부족한 건 기초니 제가 당

신의 몸을 잠시 맡으면서 그 기초를 몸에 새겨 넣는 과정을 거치는 거지요. 저는 당신에게 귀속된 상태이니 제가 감각을 새겨 넣으면 당신도 고스란히 그것을 느낄 수 있을 거랍니다.]

"……."

[선택의 몫은 당신의 것이에요]

입을 다물고 생각에 잠긴 로즈에게 율리아는 아무런 재촉도 하지 않았다.

천천히 기초부터 쌓아가는 것도 그녀의 선택이고, 율리아에게 몸을 맡겨 감각을 새겨 넣는 것도 오로지 그녀의 몫이다. 지켜보는 것이 고작인 율리아로서는 그녀의 결정에 따를 뿐이었다.

[하지만 저는 당신의 결정을 알고 있답니다.]

로즈가 듣지 못하도록 나직이 중얼거렸다.

짧은 시간에 강한 힘을 손에 넣은 그녀가 오랫동안 공을 들여 기초를 닦는 것은 사실상 불가능한 일이다. 이미 진한 맛에 중독된 그녀가 싱거운 음식을 찾을 리는 없었다. 이것은 확신이었다.

"…모르겠어. 일단 시간이 필요해."

[쉬운 결정이 아니니까요.]

"맞아."

로즈의 제안이 끌렸지만 쉽게 결정을 내릴 수 없는 이유는 자칫 모든 것을 빼앗길 수도 있다는 일말의 불안감 때문이었다.

당장 힘이 필요하지만 그동안 쌓아온 것을 놓을 수 없었다.

고개를 절레절레 젓는 그녀를 향해 율리아가 달콤한 한마디를 건넸다.

[그럼 머리를 한번 식혀보는 건 어떤가요?]

"머리를 식혀?"

[이번에 황궁 무도회가 열린다는 걸 들었는데.]

"그런 자리를 내가 왜 가."

황궁에서 여는 무도회 초대장은 당연히 로즈에게도 날아왔다. 아무런 대답도 하지 않았지만 수련에 바쁜 그녀는 이미 거절할 의사를 굳히고 있었다.

[저는 가보는 게 좋다고 생각한답니다.]

"이유는?"

[당신은 블러디 로즈의 진전을 이었지만 동시에 미의 정령과 계약한 능력자예요. 이는 자신의 아름다움을 좀 더 효율적으로 활용할 수 있어야 하죠.]

"난 미모로 누군가를 이용할 생각이 없어."

아름다움의 정령과 계약한 것도 율리아의 의견을 받아들였을 뿐, 무도회에 참여하는 것과는 별개의 사안이다.

[좀 더 간단하게 생각해 보면 어떨까요?]

"빙빙 돌리지 마."

[말 그대로랍니다. 무도회에 나가서 좀 더 미모를 이용할 수 있는 방법을 찾아봐야 해요.]

"대체 왜 그래야 하는 건데?"

당장 로즈의 목표는 카본 대공을 한 수에 제압하는 것이다. 황궁 무도회에 나가서 여자의 미모만 탐하는 머저리들과 어울리면 그동안 쌓은 실력이 떨어질 수도 있었다.

[로즈의 목표가 대륙제일의 여검사가 되는 게 아니라 한 남자의 여인이 되는 거니까요.]

"그게 왜……."

[자신의 미모도 활용할 줄 모르면서 어설픈 유혹으로 남자를 넘어오게 할 줄 알았나요?]

"……."

[그 남자, 그렇게 호락호락한가요? 여자의 미모만으로 넘어갈 만큼?]

"아니, 절대 아니야."

시리도록 차가운 로즈의 기세를 정면으로 접했던 로즈로서는 율리아가 무엇을 말하고자 하는지 가슴 깊숙한 곳에서 공감할 수 있었다.

티엘의 여인이 되기 위해서는 미모도 중요하고 실력도 중요하지만 자신이 지닌 것을 보다 효율적으로 활용할 줄 알아야 했다.

"중요한 걸 잊고 있었어."

[저는 그 자리를 황궁 무도회, 이이지는 사교 파티로 생각하고 있어요.]

"아버지를 제압하는 건 어떻게 하고?"

[기초는 오랜 시간을 필요로 한답니다. 조급하지 않게 천천히 쌓아간다는 느낌으로 가세요.]

"알았어, 율리아의 말을 따를게."

[후후후! 현명한 판단이랍니다.]

"고마워, 언제나 내가 놓치고 있는 것을 상기시켜 줘서."

율리아를 만나지 않았다면 자신은 가문에서 한 남자를 그리워하며 의미 없는 나날을 보내다가 어딘가로 팔려가듯 혼인을 치렀을 것이다. 다시 한 번 목표를 위해 전진할 수 있게 도와준 율리아에게 깊은 고마움을 느꼈다.

[저도 당신이 성장하는 모습을 보면 기쁘답니다. 사랑하는 남자를 쟁취하고자 하는 그 의지, 멋져요, 아주 멋져서 소름이 돋을 지경이에요.]

"힘낼게."

눈을 빛낸 로즈가 강하게 고개를 끄덕였다.

세이주 지방으로 진군을 시작한 레디븐 백작은 승승장구하며 전진에 전진을 거듭했다.

대부분의 힘을 잃은 헤셀 백작은 레디븐 백작군을 가로막을 여력이 없었다.

넓은 세이주 지방 주요 도시가 하나둘씩 함락되었고, 체계적으로 포위망을 구축하면서 헤셀 백작의 숨통을 조여들어갔다.

이와 같은 소식은 정계에 커다란 반향을 일으키기에 부족함이 없었다.

첫 실패에서 권력의 상당 부분을 잃고 흔들렸지만 세이주 지방의 점령 작전이 성공으로 이어진다면 레디븐 백작의 권력이 공고해진다는 것과 다를 바 없었다.

이는 조금씩 사분오열하던 권력을 하나로 응집하게 만들어주었다.

히드로 2세는 연이은 승전보에 레디븐 백작을 치하하며 황궁에서 축하 파티를 열기로 하고 황궁 무도회 개최를 선언하였다.

황제가 알아서 판을 만들어주니 귀족들은 삼삼오오 모여들면서 권력의 동향을 파악하기 위해 부지런히 이리저리 움직이기 시작했다.

그 가운데 가장 화제가 되는 것은 로즈의 참여 여부였다.

"이번에 참여한다고 하던데."

"역시 콧대 높은 장미라고 해도 폐하의 초대는 거절하지 못하는군."

"사촌이잖나. 그러니 거절하기 어려울 테지."

재국사대미녀 중 유일한 미혼이자, 화려하게 데뷔하면서 일약 제국제일미녀로 등극한 로즈는 결혼 여부를 가리지 않고 모든 남성 귀족들의 화제 그 자체였다.

"역시 화제가 되는군."

일찌감치 무도회에 모습을 드러낸 히드로 2세는 곳곳에서 들려오는 로즈의 이름에 나직이 중얼거렸다. 곁에 서 있던 하브리스 공작이 대답했다.

"아무래도 이름이 있으니 그런 것 아니겠습니까?"

"좋아해야 할지 슬퍼해야 할지 모르는 일이라서 하는 말입니다."

"하긴, 저들 입장에서는 그저 꺾어야 할 꽃으로 보이지 않을 테니……."

꽈직!

말을 하던 하브리스 공작은 히드로 2세가 손에 힘을 주어 의자 팔걸이를 우그러뜨리는 것을 보고 멈칫했다. 그리고 정중하게 고개를 숙여 사과했다.

"죄송합니다, 신이 경솔한 발언을 했습니다."

"아니, 틀린 말은 아닙니다. 저들 눈에는 누님이 그렇게 보이겠지요."

표정은 없었지만 두 눈은 뜨거운 불꽃으로 일렁이고 있었다. 권력을 쫓는 하이에나처럼 여인의 아름다움을 쫓는 모습은 역겨움 그 자체였다.

반드시 그녀를 귀족들의 더러운 마수에서 지켜내야 한다는 생각을 하며 히드로 2세는 차례대로 들어서는 귀족들을 바라보았다.

버젓이 황제가 자리하고 있었지만 이미 무도회는 그들만의 무대였다. 인사를 하는 둥 마는 둥 하다가 어느 순간 끼리끼리 뭉치면서 친목을 나눴지만 히드로 2세의 얼굴에서는 어떠한 표정도 드러나지 않았다.

"이제 슬슬 시작하지요."

"예."

히드로 2세의 말과 함께 무도회가 본격적으로 시작되었다. 악사들이 음악을 연주하며 홀 전체에 밝은 분위기의 음악이 깔리자, 귀족들은 만면에 미소를 짓고 서로 이야기를 주고받으며 눈이 맞은 남녀는 중앙으로 나가 춤을 췄다.

본격적으로 무도회가 시작되었지만 히드로 2세는 어떠한 움직임도 보이지 않았다. 축사도 하지 않았고, 다른 귀족도 찾지 않은 채 남녀가 짝을 지어 춤을 추는 모습을 바라보다가 재차 시간을 확인했다.

"늦는군."

기다리는 손님이 도착하지 않는 것에 히드로 2세의 마음이 조금씩 초조함으로 물들어갔다.

"……."

그 모습을 바라보는 하브리스 공작의 표정은 착잡하기만 했다.

로즈를 좋아하는 그의 마음을 이해하지 못하는 것은 아니지만 카본 대공의 딸인 그녀는 사촌 관계로 엮여 있다. 그 핏줄이 카본 대공을 제국의 숨겨진 검으로 만들었고, 황제에게 충성하게 만들었다.

그런데 그 사이에 로즈 문제가 끼어들면 이야기는 심각해진다.

서로 좋아한다면 카본 대공이 허락을 하고 더 긴밀해질 수 있겠지만 유감스럽게도 로즈에게서 히드로 2세에 대한 호감은 찾아볼 수 없었다.

'파국으로 치닫지 않았으면 좋겠지만.'

그것이 쉽지 않음을 잘 알고 있었기에 하브리스 공작은 쓴웃음을 지었다.

여러 사람이 분주히 오가는 가운데, 무도회 분위기도 한층 고조되어 가기 시작했다. 그리고 어느 순간, 주변의 웅성거림이 조금씩 멎어갔다.

그 시작은 입구 쪽이었다.

여러 사람들이 떠드는 소리에 시끌벅적하던 것이 어느 순간 침묵을 만들어내더니, 마치 전염병처럼 퍼져 나갔다. 그리고 그들의 시선은 한곳에 고정되었다. 그 가운데에는 홀로 빛을 뿌리고 있는 눈부신 미의 여신이 한 걸음씩 다가오고 있었다.

봄날 햇빛처럼 따사롭고 포근한 기운은 주변을 채색해 나갔고, 한 걸음씩 옮길 때마다 전해지는 은은한 향기는 후각을 사정없이 마비시켰다.

연인들이 춤을 추면서 빠른 속도로 이어지던 연주 또한 어느 순간 홀로 고고히 아름다움을 발산하는 미의 여신을 찬양하기 위한 것으로 바뀌어 있었다.

누구나 입고 있는 평범한 드레스였지만 그녀가 입으니 여신의 은총이 되었고, 평범한 장신구는 보배로움이 고스란히 느껴졌다.

로즈의 아름다움에 취해 있던 히드로 2세가 정신을 차린 것은 그녀가 바로 앞에 도달했을 무렵이다. 카본 대공과 나란히 선 로즈는 우아하게 인사를 건넸다.

"황제 폐하를 뵈옵니다."

"……."

깊은 침묵.

다소곳한 자태로 인사를 건네는 순간, 머릿속이 백짓장으로 바뀌는 것을 느낀 히드로 2세가 멍하니 서 있다가 하브리스 공작의 도움으로 제정신을 되찾고는 인사를 받아주었다.

"…잘 오셨습니다."

"초대해 주셔서 감사해요."

"아아."

수많은 말을 준비했건만.

로즈를 대면하는 순간 머릿속이 하얗게 바뀌면서 아무런 말도 하지 못하는 자신이 원망스러운 히드로 2세였다. 자칫 어색해질 수 있는 분위기였기에 고개를 돌려 카본 대공에게 시선을 고정했다.

"오시느라 고생했습니다, 숙부님."

"예, 신이 할 수 있는 일이 있으면 얼마든지 명해주시길."

"하브리스 공작님이 전할 것입니다."

그에 카본 대공이 고개를 드니 하브리스 공작이 굳은 표정으로 나직이 고개를 끄덕여 보였다.

―중요한 사실이 있으니 자리를 옮기도록 하지.

"으음!"

하브리스 공작의 말을 들은 카본 대공은 침음을 흘리며 힐끗 옆에 서 있는 로즈를 바라보았다. 그녀 혼자 두는 것이 못내 마음에 걸렸던 것이다.

"로즈 누님은 이곳에 앉으십시오. 숙부님은 잠시 나눌 이야기가 있습니다."

히드로 2세가 가리키는 곳은 황후가 앉는 옆자리였다. 순간 멈칫거린 로즈가 카본 대공을 바라보니, 그는 표정을 굳힌 채 고개를 끄덕였다.

"…폐하의 말씀을 따르도록 하라."

"네."

한 치의 망설임 없이 옆자리에 앉으니, 히드로 2세의 표정이 자연히 풀렸다. 그러다 조용히 자리를 벗어나는 하브리스 공작을 보며 나직이 고개를 끄덕였다.

자리를 벗어난 둘은 조용히 대화를 나눌 수 있는 집무실에 도착했다. 푹신한 소파에 앉기 무섭게 카본 대공이 용건을 꺼내 들었다.

"지금 어떻게 돌아가는 상황이지?"

"자네가 느낀 그대로라네."

"내가 느낀 그대로라고? 지금 제정신인가?"

"지극히 제정신이지. 모든 것을 계획한 폐하께서도 제정신이고."

"……."

히드로 2세를 끌어들이니 카본 대공은 입을 다물고 하브리스 공작을 노려보았다. 짧게 한숨을 내쉰 그는 천천히 전모를 꺼내들었다.

"한 차례 실패로 입지가 흔들리면서 반드시 성공해야 하는 상황에 닥쳤지. 그 부담감은 그로 하여금 직접 움직이도록 만들었네. 그에게는 실패를 만회하려는 행동이지만 폐하 입장에서는 절호의 기회이기도 하지."

"레디븐 백작은 말이 통하는 사람이다. 아직 이용할 가치가 높아."

그렇게 말을 꺼내며 설득을 하려고 했지만 이어진 대답은 카본 대공의 입을 다물게 만들었다.

"폐하의 생각은 다르시다."

"음!"

"어떤 생각을 하고 있는지 알고 있다."

"그런데 폐하를 말리지 않았단 말인가?"

그를 바라보는 카본 대공의 눈빛은 날카로웠다. 비난 섞인 그 눈빛이 무엇을 의미하는지 알고 있는 하브리스 공작은 쓴웃음을 지었다.

"어쩔 수 없었다. 아니, 할 수 없었다는 말이 옳겠지."

"무슨 뜻이지?"

"폐하의 생각이 확고하셨다는 의미다. 내가 어떤 말을 하더라도 대세를 뒤집을 수는 없었다. 이것 하나만큼은 확실하지."

"결정을 바꿀 수도 없나?"

카본 대공으로서는 어떻게든 히드로 2세의 생각을 바꾸고 싶었다. 레디븐 백작은 아직 쓸모가 있고, 그를 이용하면 안정적으로 자연스럽게 세력을 불리는 것도 가능했다.

"없었다."

"그럼……."

"의견을 구하지 않았던 만큼 폐하께서는 도움을 주지 않아도 상관없다고 하셨다. 모든 결정은 너의 몫이다. 제국의 숨은 검, 카본 대공."

"……."

입을 다문 그는 날카로운 눈으로 하브리스 공작을 바라보았다. 히드로 2세의 의중이라면서 참여를 종용하지 않았지만 그 안에 깃든 의미가 무엇인지 모를 리 없었다.

"넌 내가 참여하길 원하는군."

"제국의 숨은 검이 공식 석상에 드러나기 더없이 좋은 상황이니까."

"명분을 얻으려는 건가."

"폐하께 모든 불명예를 짊어지게 할 생각인가."

"내게 선택을 종용하는군."

하늘을 바라본 카본 대공은 눈을 감았다. 모든 상황은 준비가 되었고, 자신의 참여 여부만 남은 상황이었다. 마음이 내키지 않는다 하더라도 거절하면 그것은 제국을 위한 일이 아니었다.

"알겠다, 힘을 보태도록 하지."

"현명한 판단이다."

"대신, 일이 끝난 뒤 폐하와 독대를 할 것이다. 과연 이것이 최선이었는지."

"마음대로 하도록."

거사를 치름에 있어 가장 중요한 명분을 획득했다. 하브리스 공작은 그것으로 자신이 할 일을 마쳤다고 생각했다.

제5장

영광의 자리

로즈의 등장으로 잠시 소강상태에 빠져 있던 무도회는 다시 원래 분위기로 돌아왔다.

귀족 남녀들이 저마다 짝을 지어 춤을 추며 뜻이 맞는 이들은 삼삼오오 모여 각자의 이익을 극대화하기 위한 이합집산을 보였다.

"……."

그 광경을 멍하니 바라보며 로즈는 조용히 생각에 잠겨들었다.

자신의 의지가 발동하여 온 자리였지만 할 수 있는 것은 그리 많지 않았다. 옆에 짝이 있는 것도 아니었으며, 누군가와 담소를 나눌 수 있는 친구가 있는 것도 아니었다.

외톨이.

카본 대공이 사라진 자리에서 로즈가 느낀 자신의 처지였다.

[흐응, 제가 있는데 너무 섭섭한 말 아닌가요?]

'별로.'

[칫, 너무 외로우면 적당한 남자를 잡아서 춤이라도 추든가요.]

'됐어, 번거로울 뿐이야.'

안 그래도 귀족 청년들 몇몇이 호시탐탐 기회를 노리면서 로즈에게 다가올 시기를 가늠하고 있었다. 바로 옆에 히드로 2세가 없었다면 진즉에 다가와서 말을 건넸을 터였다.

"무도회는 어떻습니까, 누님?"

"그냥, 나쁘지 않아요."

"그렇습니까? 다행입니다."

히드로 2세는 무감정한 대답에도 실망하지 않으며 웃음을 유지했다.

[흐응, 사촌지간이면 혼인도 가능하던가? 제법 괜찮지 않나요?]

'날 도발하려는 의도가 뭔데?'

[도발이라니요, 세상에 좋은 남자가 많다는 걸 말하려던 것 뿐이랍니다.]

'됐어, 그런 간섭은 사양할 거야.'

[지금은 그렇게 말을 해도 언젠가 제 말을 공감하는 날이 올 거랍니다. 후훗!]

의미심장한 말을 남긴 율리아는 더 말을 잇지 않고 로즈는 자신의 시간을 가질 수 있었다. 조용히 무도회를 바라보던 그녀는 문득 이 자리가 지루하다는 걸 느꼈다.

그렇다고 자리에 일어나기도 뭐한 상황.

자리에 앉아 있던 로즈는 주변 기류가 심상치 않은 것을 느꼈다. 감각을 돋워 주변을 살피니 호위를 선 기사의 숫자가 예전보다 더 많은 것을 알 수 있었다. 뿐만 아니라 은연중 날 선 기세를 발산했다.

'뭐지?'

[뭔가 재미있는 상황이 벌어질 것 같지 않나요?]

로즈가 느낀 것을 율리아도 느끼고는 의미심장한 말을 꺼내들었다.

무슨 상황인지 몰라 미간을 살짝 찌푸린 채 생각에 잠겼지만 뚜렷한 답은 나오지 않았다.

"로즈 공녀님."

상념에 빠져 있는 그녀에게 다가오는 한 사람이 있었다. 단정하게 머리를 빗어 넘긴 잘생긴 귀족 청년이었다.

그녀는 아무 대답도 하지 않고 조용히 그를 바라보았다. 말을 해보라는 제스처였다.

"이렇게 좋은 자리가 마련되었는데 묵묵히 계시면 심심하지 않으십니까? 실례가 되지 않는다면 춤을 청하고 싶습니다."

그러면서 정중하게 예를 취해 보이는 그였다. 잘생긴 외모와 말끔한 매너는 뭇 여인의 마음을 뒤흔들기에 부족함이 없었다.

한발 앞서 로즈에게 다가간 그를 보며 주변 귀족 청년들의 웅성거림이 생겨났다. 그들 얼굴에는 선수를 빼앗겼다는 낭패감이 가득했다.

[흐응, 허우대는 멀쩡하지만 실속은 없어 보이는데 말이죠.]

"……."

율리아의 중얼거림에 대답하지 않고 로즈는 그가 뻗은 손을 바라볼 뿐이었다. 그 시간이 길어짐에 따라 주변의 웅성거림이 커지기 시작했다. 정중하게 다가온 남자를 바람맞히는 것은 예의에 어긋나는 것이다.

조금씩 소란이 커질 무렵, 침묵하고 있던 로즈가 입을 열었다.

“제게 춤을 청하는 건가요?”

“그렇습니다.”

“칼벤 남작님이 제게 오실 줄 몰랐는데 말이죠.”

“하하!”

어색하게 웃음을 지은 칼벤 남작은 그저 웃음만 지어 보였다. 하지만 내심 그는 자신만만한 표정을 지었다. 그도 그럴 것이 로즈가 자신의 이름을 알 정도라면 어느 정도 호감이 있을 거라 여긴 것이다.

칼벤 남작은 레디븐 백작 휘하에 속한 신진 귀족으로, 능력이 출중하여 카이후—제이안으로 이어지는 군사부에 소속된 인물이다. 이번 세이주 지방 정벌 작전에 포함되지 않았지만 능력을 인정받은 점에 기인하면 앞으로 미래가 밝다고 봐도 무방했다.

잘생긴 외모와 뛰어난 능력으로 곳곳에서 혼담이 밀려들었지만 여태까지 미루고 있는 것은 자신의 결혼이 언젠가 결정적인 계기가 될 수 있음을 알고 있어서였다.

그리고 눈앞의 로즈는 자신의 출세가도에 날개를 달아줄 최적의 여인이었다.

‘로즈 공녀라면 권력의 정점에 다가가는 것도 불가능한 일이 아니다.’

황제와 사촌인 그녀와 혼인을 하면 황족과 관계를 맺을 수 있고, 카본 대공의 후광을 입음으로써 레디븐 백작과 대등한 권력의 정점으로 성장할 수 있다.

무엇보다 로즈의 미모가 너무나 아름다웠다.

제국사대미녀 중 세 명이 로운 후작에게 시집을 가면서 홀로 남은 그녀는 제국제일미녀로 추앙받고 있는 것이 현 상황이다.

세상에서 가장 아름다운 꽃을 취하는 자가 될 자신이 있었다.

"제 손이 무안하지 않습니까."

주변의 이목이 집중되었지만 오히려 능글맞게 로즈를 재촉했다. 그녀는 표정 하나 바꾸지 않은 채 거절했다.

"딱히 춤에 관심은 없어서요."

"그렇습니까? 그래도 이렇게 제국제일미녀에게 용기를 내어 왔는데 한 번쯤 기회를 주시면 안 되겠습니까?"

은근한 압박으로 로즈의 결정을 재촉하는 그녀였다.

이는 여인을 취할 때 매우 효과적인 방법으로, 주변의 시선을 견뎌내지 못하고 요구를 받아들이는 방법 중 하나였다.

하지만 로즈의 표정은 전혀 바뀌지 않았다.

"그리 내키지 않네요."

"이런, 제국제일미녀와 춤을 출 기회를 얻나 싶었는데 아무래도 오늘은 힘들 것 같습니다. 다음에 기회를 주실 수 있겠습니까?"

연이은 거절에 표정이 찌푸려질 법도 했지만 그는 태연했다. 거절당했으면서도 여운을 남기는 행동에 로즈는 아무런 대답도 하지 않았다.

"로즈 공……."

"칼벤 남작."

재차 말을 걸려던 그는 귓가에 울려 퍼지는 목소리에 고개를 돌렸다가 황급히 예를 취했다.

"폐하를 뵙습니다."

"누님에게 볼일이 있는가."

그의 행동을 제지한 것은 바로 히드로 2세였다.

"로즈 공녀님이 너무나도 아름다워 춤을 신청하고 있었습니다."

"그런가, 짐이 보기에는 이미 거절당했으면서 미련을 버리지 못하는 것처럼 보였는데."

"……."

직설적인 말에 칼벤 남작의 표정이 딱딱하게 굳어갔다. 제아무리 제국의 지배자라고 하나 그 말이 너무나 직설적이었던 것이다.

"짐의 말이 틀린가?"

"그것은 아니오나……."

무슨 말을 하고 싶었지만 머릿속에 수많은 말이 떠오르다가 사라졌다.

힘을 잃었다고 해도 황제는 무시할 수 없다. 현재 레디븐 백작이 없는 이상, 빌미를 제공하면 언제 어느 순간 권력을 잃을지 몰랐다. 속에 분노가 퍼져 나갔지만 꾹 억누르며 조용히 고개를 숙여 보였다.

"칼벤 남작, 군사부에 소속되어 있으며 뛰어난 능력으로 레디븐 백작의 환심을 샀지."

히드로 2세의 목소리가 무도회장에 울려 퍼졌다. 어느새 음악 연주가 멈춘 무도회장의 모든 이목은 이곳으로 집중되어 있었다.

"주로 낸 안건은 레디븐 백작이 짐을 효과적으로 압박하여 권력을 확대하는 것이지. 그리고 본인의 존재감을 키워 나가며 승승장구하여 작위까지 따낸 것이 바로 칼벤 남작, 그대가 아닌가."

"폐, 폐하! 지금 그게 무슨……."

직설적이다 보니 폐부를 후벼 파는 그의 목소리에 칼벤 남작은 저도 모르게 목소리를 높였다.

설마하니 이렇게 직설적인 말을 할 줄 몰랐던 것이다.

"한마디로 그대는 짐의 적이라는 뜻이로군."

"아, 아닙니다! 폐하! 오해를 하고 계십니다."

"나는 오해를 하지 않았다. 칼벤 남작, 그대는 짐의 적이다."

"아닙니다, 아닙니다!"

당황한 그는 필사적으로 고개를 저었지만 히드로 2세의 의중은 이미 굳어져 있었다.

"그러므로 사형이다."

"폐……."

피슛!

말을 하려던 칼벤 남작은 더 이상 말을 잇지 못했다. 히드로 2세의 손에서 뿜어진 붉은 기운이 그대로 그의 가슴을 꿰뚫은 것이다.

바로 앞에서 무방비로 노출된 그는 아무런 저항도 하지 못한 채 피를 흘리며 무너져 내렸다.

[흐응, 정령의 힘이네요. 보아하니 제법 많이 수련을 한 것 같은데?]

"……."

로즈는 아무런 말도 하지 않은 채 조용히 생명이 사라진 채 무너지는 칼벤 남작을 바라보았다. 두 눈 가득 억울함이 담겨 있었지만 누구도 그의 생명을 구해줄 수 없었다. 누구의 동정도 구할 수 없는 허망한 개죽음이었다.

"누님, 지금부터 펼쳐질 광경은 짐이 허수아비에서 제국의 황제로 발돋움할 수 있는 광경입니다. 같이 지켜봐 주실 수 있겠습니까."

그녀를 바라보는 히드로 2세의 눈은 뜨거운 불빛이 일렁이고 있었다.

잠시 침묵하던 그녀가 고개를 끄덕이니, 히드로 2세의 얼굴이 환하게 밝아진다.

"카이후!"

"예, 폐하."

그의 외침에 뒤에서 모습을 드러낸 것은 레디븐 백작 휘하의 제1책사였던 카이후였다.

"지금부터 계획을 실행한다."

"예, 폐하! 제국의 영광을 위하여."

"모든 것은 제국을 다시 반석 위에 올려놓기 위함이다."

신호가 떨어지기 무섭게 백여 명의 근위기사가 무도회장으로 진입하기 시작했다.

권력을 찾기 위한 본격적인 첫 걸음이었다.

히드로 2세의 정책으로 근위기사 대부분은 엘리멘탈 프로젝트의 수혜를 받을 수 있었다.

정령의 힘을 부여받은 그들의 무력은 전과 비교해 확연히 발전해 있었다.

그것은 거세게 저항하는 귀족들과의 충돌에서 곧장 드러났다.

"이놈들!"

다짜고짜 무력화시키려는 근위기사의 행동에 한 귀족이 분노하며 장식용 검을 뽑아 들었다. 엑스퍼트 이상의 경지에 오른 이상 장식용 검은 치명적인 무기로 바뀌어 근위기사에게 향했다.

쩌엉!

귀가 찢어질 듯 요란한 굉음이 울려 퍼지며 장식용 검이 두 동강 난다. 푸른 오러가 흐릿해지면서 사라지고, 토막 난 검을 든 귀족은 얼빠진 표정을 지었다.

빽!

검면으로 뒤통수를 가격당한 귀족은 비명조차 지르지 못하고 그대로 무너졌다. 근위기사는 익숙하게 귀족의 몸을 밀어버리며 중얼거렸다.

"정령의 힘이 무섭군."

압도 그 자체.

정령의 힘은 오러를 압도하며 저항하는 귀족들을 차근차근 제압해 나갔다.

하지만 그 제압 과정에서 근위기사들은 어려움에 직면해야 했다.

"꺼져라, 머저리들!"

콰과광!

거센 폭음과 함께 주변 공간이 일순간 기세의 폭풍에 휘말렸다. 몇몇 근위기사가 비틀거리며 저항하다가 뒤로 물러났다.

"감히 주군을 배신하려 들어? 다 죽여 버리겠다."

두 눈에 섬뜩한 빛을 뿌리며 기세를 발산하고 있는 이는 이번 원정에서 배제된 케빈이었다.

저번 전쟁에서 패배를 하며 근신하고 있던 그는 레디븐 백작의 기반을 보호하는 임무를 맡고 있었다.

마스터의 칭호를 수여받는 그는 황도 내에서 다섯 손가락 안에 들어가는 강자였다.

그의 위명을 들은 근위기사들은 협공을 위해 포위망을 구축했다. 마스터라고 해도 근위기사단에 몇 명의 마스터가 존재했고, 그들이 힘을 합치면 제압하는 것은 충분히 가능한 일이다.

"그만."

막 공격을 시작하려던 순간, 그들은 낮고 굵은 목소리에 멈칫할 수밖에 없었다.

목소리의 주인공은 자신들을 이끄는 리더였다.

"내가 맡겠다, 모두 물러나 임무를 수행하도록."

"예!"

대답한 근위기사들이 빠른 속도로 물러났다. 그리고 케빈 앞에 하브리스 공작이 섰다.

"지금 벌이는 행동이 무엇인지 알고 있는 거요?"

"그럼 모른다고 생각하나."

"이런 미친 짓을 벌이고도 무사할 거라 생각하오? 카이후! 네놈이 정녕 주군을 배신하려는 것이냐!"

일갈을 터뜨린 케빈의 강렬한 외침이 무도회장에 울렸다. 히드로 2세 뒤에 시립하고 있던 카이후가 멈칫했지만 표정에 변화는 없었다.

그럴수록 케빈의 기세는 더 난폭해졌다.

"대답해라, 카이후! 배신자여!"

그에 카이후가 마음을 굳히고 한 걸음 앞으로 나섰다. 그런 그를 히드로 2세의 음성이 붙잡았다.

"굳이 그를 납득시키지 않아도 된다, 카이후."

"처음부터 각오했던 일이었습니다, 폐하. 적어도 그는 들을 자격이 있습니다."

레디븐 백작의 충신이자 사촌 동생인 그라면 들을 자격이 있다.

"케빈 경."

"닥쳐라, 그 더러운 주둥이로 내 이름을 부르지 마라. 카이후! 왜 주군을 배신했지?"

"모든 것은 제국의 영광을 위해서입니다."

"형님이 제국의 영광에 방해가 되었다는 것이냐?"

"아닙니다. 레디븐 백작 각하께서는 충분히 제국을 영광으로 이끌 인물입니다."

그 말에 순간 케빈의 기세가 멈칫했고, 히드로 2세의 눈이 가늘어졌다. 그것도 잠시, 말의 앞뒤가 맞지 않은 것을 깨달은 케빈이 소리쳤다.

"그런데 어째서! 형님이 네게 준 총애를 잊은 것이냐?"

"알고 있습니다. 분명 훌륭한 분이지만, 저는 주변의 인물들을 믿을 수 없습니다. 당장 케빈 경만 하더라도 사석에서 어떤 말을 했는지 모르지 않을 것입니다."

"……."

"결국 그것을 핑계로 삼겠다는 말이로군."

"좋을 대로 생각하시길. 이 자리에 나선 순간부터 모든 오명을 뒤집어쓸 각오를 했습니다."

대화를 하는 내내 카이후의 얼굴에서 어떠한 흔들림도 드러나지 않았다. 그것이 그의 확고한 각오를 그대로 드러냈다. 표정을 일그러뜨린 케빈은 더 이상 자신이 할 수 있는 것이 없다는 걸 깨달았다.

"머리가 좋아서 부럽군. 배신한 것을 그렇게 합리화시킬 수 있으니.”

“모든 것은 제국의 영광을 위해서입니다. 사가들은 오늘의 일을 그 시발점으로 여길 것입니다.”

“헛소리!”

분노를 참지 못한 케빈이 카이후가 달려들려고 했지만 날카로운 기세가 파고들며 그의 전신을 압박했다.

“큭!”

“대화가 너무 길군. 무시당할 만큼 만만한 상대는 아니라고 생각하네만.”

“죽여 버리겠다!”

이성의 끈을 놓은 케빈은 느물거리는 하브리스 공작에게 달려들었다. 그의 손에 들린 것은 장식용 검이었지만 푸른 오러가 강렬하게 휘몰아치며 그대로 전신을 압박해 나갔다.

꽝!

거센 충돌음이 울려 퍼지며 케빈의 몸이 뒤로 밀려났다. 그에 반해 하브리스 공작은 그 자리 그곳에 버티고 서 있었다.

“이, 이게 무슨…….”

“자신감은 좋지만 오만이 되어서는 곤란하지. 나서지는 않는 편이지만 나도 절대강자 중 한 사람이라는 걸 잊어서는 안 되네.”

“닥쳐라!”

"몸으로 깨닫게 해주는 수밖에 없군."

불도저처럼 밀고 들어오는 그를 보며 피식 웃은 하브리스 공작의 몸이 붉은빛으로 물들기 시작했다.

기이한 현상에 멈칫하는 순간, 한 줄기 불꽃이 된 하브리스 공작의 몸이 케빈에게 쇄도했다.

"헉!"

경악성을 터뜨린 그는 오러 블레이드를 생성하며 단숨에 몸을 베어버리려 했지만 불꽃이 더 빨랐다.

화르륵!

불꽃이 휩쓸고 지나가며 케빈의 전신에 불이 피어나기 시작했다. 그리고 그의 뒤로 불꽃이 하나의 인영을 이루며 하브리스 공작의 모습으로 바뀌었다.

"크으! 크아아악!"

정령의 불꽃은 모든 것을 태워 버리기 전에 결코 멈추지 않는 악마의 손길이다. 처절한 비명을 지른 케빈의 몸은 빠른 속도로 녹아가고 있었다.

"강적에게 자비는 필요하지 않지."

마스터 중에서도 능히 상위권에 속하는 케빈은 사로잡아 봤자 두고두고 골칫덩어리가 될 존재였다. 히드로 2세에게 한마디 들을 수 있겠지만 하브리스 공작은 이번 작전에서 방해가 될 인물들은 모두 제거할 생각이었다.

마스터의 허망한 죽음에 저항하던 귀족들의 눈에 전의가 사라지기 시작했다.

피식 웃은 하브리스 공작이 선언했다.

"반항하는 자는 모두 죽이도록."

"……."

아수라장으로 바뀐 무도회장을 보며 로즈는 조용히 침묵했다.

근위기사들의 포위망에 벗어나기 위해 이리저리 뛰어다니는 귀족들의 모습은 그 어디에도 제국을 지배하는 고귀한 자들이라고 생각되지 않았다.

[저들의 모습에 실망했나요?]

나직한 속삭임.

그 속에 깃든 희미한 웃음기를 로즈는 놓치지 않았다.

'아니, 실망은 하지 않았어.'

[의외인 걸요? 스스로 품격을 잃은 저들의 모습을 보고 실망할 줄 알았는데.]

'인간은 위기가 닥치면 결국 제 모습을 드러내니까. 저렇게 우왕좌왕하며 살고자 하는 게 저들의 본성이겠지.'

[못 당하겠는 걸요?]

그 말에 로즈는 대답하지 않았다. 히드로 2세가 다가왔던 것이다. 칼벤 남작을 베어버린 그는 마법으로 옷을 깨끗하게 만든 뒤 안부를 물었다.

"많이 놀랐습니까, 누님?"

"괜찮아요."

고개를 끄덕이는 로즈의 얼굴에는 어떠한 감정도 존재하지 않았다. 내심 걱정이 많았던 히드로 2세는 조용히 그녀를 바라보다가 질문을 던졌다.

"…묻지 않는 겁니까?"

"뭘 말씀하시는 거죠?"

"왜 이런 일을 벌이는 건지 궁금증을 느꼈을 거라 생각했습니다."

"폐하를 능멸한 귀족들을 잡아들이는 것이 아닌가요?"

"맞습니다. 누님은 상황을 간단하게 정리하는 능력을 가지고 계시군요."

쓴웃음을 지은 히드로 2세는 고개를 절레절레 저었다. 아무리 거창한 명분을 가져다 붙여도 그녀의 말에서 크게 벗어나지 않는다는 것을 느낀 것이다.

'세간의 평가가 어떻더라도 일은 벌어졌다. 이제부터 제국은 나의 것이다.'

재차 다짐을 다지게 된 히드로 2세는 눈을 번뜩이다가 이내 마음을 정리하고 입을 열었다.

"주변의 시선이 어떨지 모르나 참으로 불행한 삶의 연속이었습니다. 딱히 제위를 원하지 않았으나 권력가의 욕심으로 황제가 되었고, 그의 충실한 허수아비로 시간을 보내야 했습니다."

"……."

신세한탄 같은 말이지만 감정이 짙게 묻어나오는 목소리에 로즈가 고개를 돌려 히드로 2세를 바라보았다.

쓴웃음을 지은 그는 담담한 어조로 그동안 쌓아놓은 감정을 털어놓았다.

"제국의 황제가 되어 해보고 싶은 것이 많았지만 아무것도 할 수 없었습니다. 그들에게 있어 황제란 존재는 받들고 모셔야 할 이가 아닌 권력을 편히 휘두르기 위한 허수아비에 불과했던 것입니다."

러그디스 공작 그리고 클레디오 백작. 오늘에 이르러 레디븐 백작까지.

정도의 차이가 존재했지만 모두 히드로 2세를 존중하기보다 제 안위를 살핀 이들이었다.

"그래서 계속 생각했습니다. 이대로 모든 것을 받아들이고 편한 삶을 영위할 것인가. 아니면 반항할 것인가. 처음에는 이런 생각마저도 할 수 없었습니다. 하지만 로운 후작, 그를 보는 순간 생각은 조금씩 바뀌어갔습니다."

[흐응, 자주 나오는 이름이네.]

"로운 후작님이 어떤 영향을 끼쳤죠?"

여태까지 침묵하던 로즈가 입을 열었기에 의아함을 가져야 했지만 스스로 이야기에 빠져든 히드로 2세는 개의치 않고 말을 이어나갔다.

"그의 거침없는 모습이 부러웠습니다. 주변은 모두 미쳤다고 손가락질해도 자신의 길을 걷는 모습이 대단했고, 젊은 나이에 그만한 힘을 지니고 있는 것이 존경스러웠습니다. 그 모습을 묵묵히 지켜보다 보니 어느 순간 이런 생각이 머릿속을 채우고 있었습니다. 왜 나는 저렇게 될 생각을 하지 않고 있던 걸까? 라고 말입니다."

로운 후작은 히드로 2세의 신하다.

물론 표면상이지만.

자신에게 예를 취하고 충성을 맹세하는 그의 모습을 보면서 얼마나 많은 것을 느꼈을지 짐작이 되었다.

비슷한 나이 대에 스스로 실력이 대륙에서 손에 꼽힐 정도며, 휘하에는 기라성 같은 가신들이 포진했다. 그리고 일궈낸 세력까지 제국 제일을 다투니 히드로 2세는 로운 후작과 비교해서 뒤처지는 자신의 모습에 열등감을 느끼며 괴로워했다.

그래서 바뀌고자 했고, 카본 대공의 등장과 하브리스 공작의 존재가 큰 힘이 되었다.

"두렵지 않으세요?"

나직한 한마디.

그 속에 담긴 걱정과 의문을 느끼는 순간 히드로 2세의 얼굴에 환한 미소가 걸렸다.

"전혀요. 제 뜻을 이렇게 펼쳐낸 것만으로도 가슴이 두근거리고 있습니다."

"멋지네요."

"그 말, 진심입니까?"

"안락함에 굴할 수 있음에도 자신의 길을 개척하려는 모습, 폐하의 이런 패기는 제국을 반석 위에 올려놓을 수 있을 거라 믿어요."

지극히 개인적인 관점에서의 의견 한마디였지만 히드로 2세에게는 전혀 다른 의미로 다가왔다.

멋지다는 말.

로즈를 마음에 두고 있던 그에게 있어 이보다 더 기쁜 말은 없었다.

[후후후! 또 한 남자의 마음을 이렇게 훔치는 건가요.]

'쓸데없는 말 하지 마.'

율리아의 웃음소리가 거슬렸던 로즈가 타박하니 더 이상 말이 들려오지 않았다.

하지만 그녀의 말을 들었기 때문일까.

자신을 바라보는 히드로 2세의 눈이 전과 다르다는 것이 느껴졌다.

"누님."

"네, 폐하."

"모든 정국이 안정되면 그다음에는……."

"주변 정리가 끝났습니다, 폐하."

그의 말은 끝을 맺지 못한 채 카본 대공의 말에 가로막혔다. 어느새 로즈 뒤에 서 있는 그를 바라보던 히드로 2세는 작게 고개를 끄덕였다.

"수고하셨습니다, 숙부님."

"해야 할 일을 했을 뿐입니다. 다른 하명하실 일은 없으신지?"

"없습니다. 이 정도면 나쁘지 않군요."

저항하다가 죽은 이들을 제외하고 살아남은 이들은 무도회장 중앙에 포위되어 있었다.

그들 대부분이 레디븐 백작을 따르거나 권력의 향방에 이리저리 움직이는 이들이었다.

그들을 바라보는 히드로 2세의 눈은 차가웠다.

언제나 자신을 무시하고 한 줌의 권력을 더 쥐기 위해 이전투구를 벌이던 버러지만도 못한 존재들.

저들이 사라지고 그 힘을 손에 넣는다면 제국은 온전한 자신의 것이 된다.

"저들을 어떻게 하실 건지?"

"모두 죽이십시오."

"예?"

차가운 그 한마디에 카본 대공이 처음으로 반응을 보였다.

하지만 귀족들을 바라보는 히드로 2세의 눈은 차갑기 그지없었다.

"저들이 이 자리에서 살아봤자 짐에게 진정으로 충성을 바치지 않을 겁니다. 지금 모두 치워 버린다면 그나마 진통이 덜할 터."

"하오나 폐하, 저들은 제국의 귀족입니다. 함부로 목숨을 빼앗으시면 안 됩니다."

레디븐 백작을 따르던 이들은 명분이 존재했지만 오래전부터 중앙에 충성하던 귀족들을 제거하면 황도 자체가 마비될 가능성이 높았다. 카본 대공은 모두를 죽이는 것만큼은 막고 싶었다.

"일을 저지를 거면 확실하게 처리하는 게 좋습니다. 숙부님, 짐의 명령을 거부할 생각입니까?"

"그건 아니지만……."

마음 같아서는 절대 안 된다고 말을 하고 싶었지만 단호하기 그지없는 히드로 2세의 태도에 카본 대공은 차마 말을 할 수 없었다.

"모두 죽이십시오."

"…명을 받듭니다."

마음을 굳힌 카본 대공은 근위기사들에게 포위되어 눈알을 굴리고 있는 백여 명의 사람을 바라보았다.

이 상황에서도 어떻게든 살아남기 위해 머리를 굴리고 있는 모습에 구역질이 치밀어 올랐다.

"모두 죽여라."

"모두 참한다. 폐하의 명을 따르지 않을 생각인가?"

하브리스 공작의 일갈이 터지자, 머뭇거리던 근위기사들이 마음을 굳히고는 검을 들었다.

그들의 살기를 정면에서 접한 귀족들은 당연히 난리가 났다.

"폐하! 이러시면 안 됩니다."

"어찌하여 우리를 죽이려는 겁니까!"

"제국이 망조가 들었구나!"

돌아가는 상황조차 제대로 파악하지 못했는데 다짜고짜 죽음을 목전에 둔 그들로서는 패닉 상태에 빠져들 수밖에 없었다.

가장 먼저 귀족을 참한 것은 하브리스 공작이었다. 단장인 그가 먼저 검을 휘두르자, 근위기사들도 하나둘씩 검을 휘둘러 귀족들을 죽이기 시작했다.

비명 소리가 울려 퍼지며 바닥에 피로 물드는 무도회장은 아수라장 그 자체였다.

그 모습을 바라보며 히드로 2세는 웃었다.

"저들이 사라지는 것이 제국을 위한 길입니다."

"폐하……."

"짐을 믿지 못하는 것입니까, 숙부님?"

"아닙니다. 저들이 존재할 필요가 없는 것은 동의하나, 자칫 황도 전체의 업무가 마비될 수 있습니다."

"그것이 전부라면 제거하는 게 옳습니다. 그 자리를 대신할 인재들은 얼마든지 존재하니, 이 기회에 확실하게 제국을 위한 판을 만들 것입니다."

굳은 그의 음성에 설득의 여지가 없다는 것을 깨달은 카본 대공은 더 설득하려 들지 않았다.

권력의 화신이 되어 한 줌의 권력조차 나누려 들지 않는 상태였다.

가차 없는 참수로 귀족들의 몸이 하나둘씩 무너졌다.

비명 소리로 가득하던 무도회장은 어느 순간 숨 쉬는 소리만 들릴 만큼 지독한 적막에 빠져들었다.

두 눈으로 보기 힘들 만큼 잔인한 광경이었지만 히드로 2세는 키득거리며 웃다가 무표정하게 서 있는 카본 대공과 하브리스 공작을 바라보며 말했다.

"이제부터 제국은 짐과 인재들이 새롭게 만들어 나갈 것입니다. 숙부님, 공작님 앞으로 절 도와주시기 바랍니다."

"예, 폐하."

곧장 허리를 굽히고 대답하는 하브리스 공작과 달리 카본 대공의 얼굴에는 착잡함이 가득했다. 눈을 감고 생각에 잠긴 그는 이내 예를 취했다.

"최선을 다하겠습니다."

온전히 히드로 2세를 위한 판이 만들어지는 순간이었다.

그리고 그것을 축하하기라도 하듯 무도회장에 박수 소리가 울려 퍼졌다.

짝짝짝!

"난장판이로군."

"……!"

갑작스럽게 비집고 들어오는 기척에 카본 대공과 하브리스 공작이 깜짝 놀라 고개를 돌렸다.

그리고 그 인영의 정체를 알아차린 로즈의 입가에 나직한 탄성이 흘러나왔다.

"아!"

[어머! 저 사람인가요? 확실히 잘생기긴 했네.]

"…로운 후작."

비스듬히 기둥에 기대고 있는 티엘을 보며 히드로 2세의 눈이 차갑게 가라앉았다.

제6장

로즈의 선택

갑작스러운 티엘의 등장은 장내를 소란스럽게 만들기 충분했다.

그의 존재감은 이미 제국에서 절대적인 위력을 발휘하고 있던 것이다.

마왕을 물리친 절대강자!

그 소문에 와전된 면이 있다고 하더라도 인간의 몸으로 마왕을 무찌른 티엘의 무위는 이미 대륙 역사를 통틀어 손에 꼽힐 만큼 대단한 것이었다.

그런 그가 대체 이곳에 왜 있단 말인가.

방금 전까지 참혹한 살육을 펼쳤던 근위기사들은 얼떨떨한 표정으로 히드로 2세 주변에 포진되어 호위를 하였다. 하지만 그들의 얼굴에 두려움은 존재하지 않았는데, 이미 정령의 힘을 손에 넣으면서 자신감에 가득 찬 상태였다.

히드로 2세의 표정은 가히 좋지 못했다. 로즈와 대화를 나누고 있는 걸 방해당한 것도 그렇지만 그녀가 하염없이 티엘을 바라보고 있는 것이 마음에 들지 않았던 것이다.

이미 거절당하고 실의에 빠져 황도에 들어온 것을 잘 알고 있다. 내심 마음에 둔 사촌 누나의 미련이 남은 표정을 보는 순간 가슴은 싸늘하게 식어갔다.

"왜 이곳에 있는 거지, 로운 후작?"

"황제 폐하를 뵈옵니다."

제아무리 마왕을 물리친 용사라고 하나 제국의 영주이며, 황제의 신하에 불과했다. 간소하지만 예를 취하는 모습에 다소 안도하며 조용히 그를 응시했다. 용건을 말하라는 무언의 압박이었다.

"폐하께 고하고자 하는 일이 있어 찾아오게 되었는데 재미있는 광경을 보게 되었습니다."

"이미 알고 있는 사실이 아니었나?"

"가문의 구체적인 일에 대해 알지 못합니다. 아마 에조 남작이 알아서 처리한 일인 것 같습니다."

“……”

순간 자신이 벌인 거사가 쓸데없는 짓으로 간주된 듯하여 히드로 2세의 표정이 찌푸려졌다.

하지만 티엘의 안색은 변화가 없었다.

“무슨 일로 찾아왔나.”

“그건 이 자리에서 고할 문제가 아닌 듯합니다.”

“이 광경을 보고도 여유를 갖는 건 마왕을 물리친 용사의 자신감인 건가.”

급기야 비꼬고 나섰지만 티엘은 아무런 반응도 보이지 않았다. 오히려 주변을 둘러보다 카본 대공에게 시선을 고정하고 입가에 미소를 지었다.

“무슨 반응이지?”

“그동안 놀고 지낸 것 같지 않아서 말입니다.”

“크흠.”

티엘을 죽이려고 했다가 도리어 당했던 카본 대공은 헛기침을 흘리며 불편한 기색을 보였다. 어느 정도 실력을 지녔는지 짐작조차 되지 않는 눈앞의 괴물과는 가급적 상종하고 싶지 않았다.

“황제 폐하의 물음에 대답하라, 로운 후작.”

“그 부분은 따로 찾아뵙겠습니다. 하나 당분간 바쁘실 것 같아 제대로 된 대화를 나누지 못할 것 같습니다. 다음에 다시 찾아뵙지요."

"…이번 거사에 에조 남작이 큰 도움이 되었다. 돌아가거든 크게 치하하도록."

"알겠습니다."

티엘에게 확실하게 군신 관계를 구분하고 싶었지만 레디븐 백작을 따르는 귀족들을 모조리 처리한 이상 조치해야 할 일들이 많았다.

기둥에서 등을 떼고 무도회장을 벗어나려던 티엘은 히드로 2세 옆에 서 있는 로즈에게 시선이 멈췄다. 순간 그녀는 숨이 멎는 것을 느끼며 어떻게 행동해야 할지 몰라 머릿속이 하얗게 물드는 것을 느꼈다.

"잘 지내고 있군."

짧고 나직한 한마디. 그 속에 깃든 것은 단순한 안부에 지나지 않았지만 로즈의 마음에 거센 파문이 일어나기에는 충분했다.

그의 곁에 있고자 힘을 손에 넣었고, 모든 것을 뒤로한 채 몰두하고 있었다. 당장 다가가서 자신이 얻은 성취를 보여주고 싶은 마음이 커져만 갔다.

[잡지 않을 건가요?]

율리아도 재촉했다.

'나는…….'

고개를 숙인 뒤 물러나려는 티엘의 모습에 로즈는 머뭇거렸다.

'지금은 때가 아닌 것 같아.'

[아버지가 한 말 때문인가요? 로즈, 당신은 이럴 때만큼은 우유부단해요. 아버님이 한 말은 어디까지나 주관적인 판단에 지나지 않아요. 로즈의 판단이 아니죠. 그에게 향하고자 하는 마음이 있다면 좀 더 적극적으로 다가가서 판단해 봐야 한다고 생각해요.]

순간 로즈의 눈이 흔들렸다. 그리고 자신의 행동이 카본 대공과의 약속을 지키려는 것보다 갑자기 마주한 상황을 모면하기 위한 것에 지나지 않는다는 것을 깨닫게 되었다.

입을 다물고 생각에 잠겨 있던 그녀는 마음을 굳히고 티엘에게 말을 전했다.

—잠시 대화를 나눌 수 있을까요?

"……!"

멈칫한 티엘의 시선이 로즈에게 향했다. 짧은 시간 놀라울 정도로 아름다워진 그녀의 눈은 자신을 당당히 응시하고 있었다. 마지막에 본 모습은 천연덕스럽고 지나칠 정도로 밝은 것이었지만 지금은 알 수 없는 후광과 함께 안정된 기도를 지니고 있었다.

—황궁 밖으로 나오도록.

[이, 이건!]

뇌리에 울리는 목소리에 로즈가 눈을 크게 떴지만 그녀보다 더 놀란 것은 바로 율리아였다.

방금 전 그의 말은 로즈뿐만 아니라 율리아에게도 들린 것이다.

이러한 능력은 아무나 발휘할 수 있는 것이 아니었다.

[꼭 만나보도록 해요. 그는 생각 이상으로 더 대단한 인물이에요.]

'알고 있어.'

어느새 무도회장을 벗어난 티엘을 보며 로즈는 입술을 꼭 깨물었다.

로즈가 홀로 황궁을 벗어난 것은 그로부터 한참의 시간이 흐르고 나서였다.

수백 명이 죽는 거사를 벌였기에 히드로 2세는 한사코 황궁에 머물 것을 권유했다. 카본 대공 또한 그녀의 바뀐 기질을 깨닫고 설득을 하려고 했지만 잠깐 외출을 하겠다는 조건으로 나올 수 있었다.

"일찍 왔군."

아름답게 차려입은 그녀가 황궁 정문을 나서려고 할 때, 나무에 기대고 있던 티엘이 모습을 드러냈다.

"오랜만… 이네요."

"오랜만이군. 잘 지내는 것처럼 보이는데."

"아픔은 성숙하게 만들어주니까요. 이렇게 바뀐 모습이 이상한가요?"

"아니, 이상할 건 없지. 오히려 정상적으로 바뀐 것 같아 다행이군."

다시 보게 되면 평정을 유지할 수 있을지 장담할 수 없었지만 막상 대화를 나누니 놀라울 정도로 차분하게 가라앉은 마음을 느낄 수 있었다.

"…카롤리나는 잘 지내고요?"

"이번에 딸을 낳았다. 이름은 케이트로 지었지."

"아!"

딸이라는 말에 로즈는 마음 한구석이 아리는 것을 느꼈다. 결혼을 한 이상 아이를 낳는 것은 당연한 일인데 왠지 모르게 시려왔다.

"그래서 날 보자고 한 이유는 뭐지?"

"그냥… 대화를 나눠보고 싶었어요."

"단지 그것뿐인가."

"마왕을 물리쳤다는 소식, 사실인지 궁금해서요. 정말인가요?"

"강림한 마왕은 전마왕 슈크라인이다. 모든 힘을 지니고 강림하지 않았지만 물리친 것은 사실이다."

담담하지만 그 속에 실린 의미는 결코 가볍지 않았다.

[슈크라인! 전마왕이라는 이름이 확실한데, 그를 인간이 무지를 수 있다니…….]

경악 섞인 율리아의 중얼거림에 그 말이 사실임을 알게 되었다.

"묻고 싶은 게 있어요."

"말해라."

"아직도 당신 곁에 있을 자리는 없는 건가요?"

"…그 말이라면 이미 대답을 준 걸로 기억하고 있는데."

티엘의 목소리가 싸늘하게 가라앉았다. 이전에 비해 훨씬 아름다워진 외모였지만 여전히 자신을 거부하는 그의 태도에 마음이 아려오면서 한편으로는 안도했다. 그는 여전했고, 바뀐 면은 없었다.

"한번 물어봤어요. 다만, 한 가지 조건이 충족된다면 가능할까요?"

"조건?"

"네, 조건이요. 당신이 만족할 만한 조건이 있다면 절 받아줄 수 있나요?"

"조건을 건다는 것이 마음에 들지 않지만 내 마음의 짐을 지워낼 수 있다면 불가능할 것도 없지."

부인을 세 명 둔 상황에서 네 명이 된다고 달라질 것은 없다. 단지 카본 대공이 아버지란 점과 히드로 2세가 사촌이라는 점을 감안하면 앞으로 골치 아픈 간섭이 들어올 여지가 농후했다.

생각보다 같이하기에는 걸리는 점이 많은 그들이었다.

"그렇군요, 저는 그 조건을 충족시킬 수 있어요."

"뭐지?"

"바로 이거예요."

휘익!

어디선가 불어온 한 줄기 바람이 매서운 예기가 되어 티엘에게 쇄도했다. 살기가 느껴지지 않는 바람은 자연의 것처럼 부드러우면서 한편으로는 매서웠다. 순식간에 도달하여 어깨를 훑는 예리한 기운에 티엘의 몸이 뒤로 밀려났다가 다시 제자리로 돌아왔다.

"방금 수법은 뭐지?"

"제가 얻은 힘이에요."

"힘?"

"네, 힘이요. 제가 후작님을 만족시킬 수 있다면 절 받아줄 수 있나요?"

환하게 미소를 짓고 있는 그녀의 모습은 눈부시게 아름다웠다. 전신에서 은은하게 피어나는 기세는 순식간에 주변을 휩쓰는 파도가 되어 휘몰아쳤다.

만만치 않은 힘의 여파에 티엘의 표정이 천천히 굳어가기 시작했다.

"만족의 수준을 넘어선 것 같은데."

"당신에게 거부당한 뒤, 저는 다짐을 했답니다. 반드시 내 힘으로 다시 돌아가기로. 그리고 이 힘을 얻게 되었어요. 이런 제가 싫으신가요?"

한마디를 내뱉을 때마다 달짝지근한 숨결과 지독한 염기가 전해졌다. 그것은 평범한 인간이 견뎌낼 수 없는 수준이었기에 자연히 기세가 발산되었다. 전신에 쇄도하는 염기를 튕겨내며 간단하게 말했다.

"싫지는 않지만, 정상적인 경로로 얻은 힘이 아니군."

"그렇게 보이시나요? 하지만 모두 제 노력으로 얻은 힘이랍니다."

"어린 시절부터 각고의 노력을 기울여 차근차근 쌓아온 힘이 정석이다. 몇 년 사이 급하게 쌓은 힘은 정석보다 꼼수라고 할 수 있지."

"꼼수라, 그럼 후작님도 꼼수인가요?"

"…부인할 수 없군."

자신이 쌓은 힘은 정석이지만 전생의 경험을 비춰보면 다른 사람에게는 꼼수였다.

쓰게 웃은 티엘은 로즈를 바라보았다.

여전히 그녀는 담담했고, 그의 질문에 이렇다 할 대답을 하지 않았다.

"저는 이 힘으로 후작님을 꺾고 싶어요. 그리고 후작님에게 인정받고 당당하게 부인이 되고 싶답니다. 이런 제 열망을 알아주실 수 있나요?"

"알아준다고 해도 제대로 받아줄 수 있을지 모르겠군."

"후후! 그건 개의치 않는답니다. 절 받아줄 수 있다면 아무래도 좋아요."

로즈가 어떤 힘을 익히고 있는 것인지 티엘은 알아차릴 수 없었다.

순수한 힘의 근원은 정령의 것과 비슷했지만 그 이면에 드리운 다른 힘의 존재감 또한 만만치 않았다. 표정을 굳힌 채 생각에 잠겨 있던 그가 말했다.

"그럼 힘이 완성되면 날 찾아오도록. 기대하도록 하지."

"그럴게요. 그날을 기대하며 다시 찾아뵐게요."

"기다리지."

작게 고개를 끄덕인 티엘은 그대로 자리를 벗어났다. 그가 시야에 사라질 때까지 로즈는 움직이지 않고 뒷모습을 좇았다.

[후후! 정말 대단한 남자로군요. 최강이 될 수 있는 당신에

게 어울리는 남자예요.]

"……."

로즈는 아무 말도 하지 않았다. 그저 하염없이 티엘이 사라진 곳을 바라보며 주먹을 움켜쥐었다.

뚝뚝.

손톱을 파고들며 찢어진 손에서 피가 흘러내렸지만 그녀의 입가에 짙은 미소가 드리웠다.

그것은 마치 붉은 피처럼 진하고 비릿하며 아름다웠다.

황도에서 일어난 변고는 삽시간에 제국 전역으로 퍼져 나갔다. 히드로 2세가 근위기사단을 이끌고 레디븐 백작을 따르는 귀족들은 물론, 기존의 정계에 자리한 귀족들까지 모조리 참수했다는 소식은 청천벽력 그 자체였다.

자연히 황도 인근의 모든 영지들이 혼란에 휩싸였다. 졸지에 영주를 잃은 귀족들은 대리 영주를 내세우며 혼란을 수습하고자 했지만 발 빠르게 움직이는 히드로 2세의 행보에 대응하는 것은 어려운 일이었다.

물론 세이주 지방으로 원정을 떠난 레디븐 백작 진영에 비할 바는 아니었다.

쾅!

"이건 말도 안 되는 일입니다."

“황제가 어찌하여!”

마지막 관문을 앞에 두고 황도에서 일어난 변고를 전해 들은 가신들은 소리를 지르며 히드로 2세가 벌인 행동에 분노했다.

특히 레디븐 백작의 충복이자, 최강의 기사였던 케빈의 죽음은 큰 타격이었다.

사촌 동생인 그의 죽음은 철의 심장을 지닌 레디븐 백작에게 큰 충격으로 다가올 수밖에 없었다.

제이안이 즉시 고개를 숙여 죄를 청했다.

“죄송합니다. 주군, 제 불찰입니다.”

“…….”

레디븐 백작은 아무 말도 하지 않았다. 눈을 감고 조용히 생각에 잠겨 있었지만 얼굴 가득 번져 가는 분노는 감출 수 없었다.

“어찌하여… 배신했나.”

그것은 이 자리에 있는 사람들에게 하는 것이 아니었다. 레디븐 백작이 가리키는 대상은 이번 사건에서 가장 큰 역할을 한 카이후였다.

영지에 틀어박혀 인재들을 모으고 힘을 기르던 시절부터 함께해 왔던 카이후는 레디븐 백작과 가장 오랫동안 동고동락해 온 인물이었다. 제이안의 간언에도 흔들리지 않은 믿음이었으나 결정적인 순간 그를 배신했다.

"주군……."

"이래서 세이주 지방에 우리 군을 동원하게 한 것이로군."

이번 원정의 주축이 된 군은 레디븐 백작령의 병사들이었다. 그러다 보니 혼란은 크지 않았지만 사기는 하루가 다르게 떨어지고 있었다.

"방책을 내놓아라, 제이안."

"이미 황도의 모든 영향력은 상실된 상황입니다. 당장 군을 이끌고 진격하더라도 제대로 된 탈환이 불가능해진 지금, 세이주 지방을 확실하게 점령하여 주군의 전력으로 삼으셔야 합니다."

"그것뿐인가?"

"뿐만 아니라 주군의 영지 방비를 강화하고, 윈스터 후작가와의 관계를 조율해야 합니다. 현재 주군의 주변은 모두 적입니다."

"…로운 후작도 더 이상 아군이라 할 수 없군."

"그들이 협력하지 않았다면 이번 정변은 성공하지 못했을 것입니다."

토릭슨의 얼굴을 떠올린 제이안은 이를 부득 갈았다. 처음에는 자신들에게 보여주는 호의라 여겼지만 돌아가는 상황은 한 편의 연극처럼 딱딱 맞아떨어지고 있었다.

"세이주 지방 점령이라, 작은 욕심이 결국 큰 것을 잃게 만드는군."

"좋게 생각하셔야 합니다. 기회는 언젠가 오게 마련입니다."

"위아래로 윈스터 후작가와 로운 후작가, 서쪽으로 황제를 마주하게 된 지금 상황이 말인가?"

"……."

지독히 현실적인 말에 제이안은 꿀 먹은 벙어리가 되었다. 설사 세이주 지방을 점령한다 하더라도 전쟁으로 입은 피해 때문에 정상화되기 위해서는 상당한 시간이 필요로 했고, 넓어진 전선에서 세 곳의 적대 세력을 두고 방어를 해낼 수 있을 거라 보기 힘들었다.

"제가 해내 보이겠습니다. 직접 로운 후작가로 찾아가 담판을 짓겠습니다."

"그들의 배신으로 이런 상황이 되었는데 말인가?"

"배신은 용납할 수 없으나 로운 후작의 성향을 최대한 이용하겠습니다. 그라면 황제의 세력이 지나치게 커지는 것을 원치 않을 것입니다."

하룻밤 사이에 제국 최고의 권력가에서 당장 신변을 걱정해야 하는 처지에 내몰렸다. 절망스러운 상황이었지만 레디븐 백작은 놀라울 정도로 침착함을 유지하고 있었다.

생각에 잠긴 그는 지금 최선이 무엇인지 알아차리고는 고개를 끄덕여 보였다.

"…허락한다."

"반드시 해내겠습니다."

굳은 결의를 담은 제이안의 목소리가 울려 퍼졌다.

가문으로 돌아오는 티엘의 머릿속은 여러 가지 생각으로 복잡했다.

그가 황도로 향했던 것은 히드로 2세를 적당히 압박하여 마계의 문을 여는 걸 통보하기 위함이었다. 하지만 의도와 달리 레디븐 백작의 가신들을 모조리 쓸어버리는 모습을 보며 전생과 확연하게 달라졌다는 것을 깨달았다.

"시기를 미뤄야 함인가."

전생의 자신은 가문을 제대로 지키지 못하고 간신들에게 휘둘린 한심한 영주였다면 히드로 2세는 제국을 종말로 이끈 어리석은 황제였다.

그는 당대 권력가에게 휘둘리는 허수아비에 불과했고, 어떠한 목소리도 내지 못한 채 젊은 나이에 목숨을 잃고 만다. 그리고 레디븐 백작이 황제의 권력을 모두 계승하여 왕국을 세운다.

클레디오 백작이 리그디스 공작을 배신하고, 레디븐 백작이 무혈입성하면서 역사의 작은 틀은 달라졌지만 큰 틀은 지켜진다고 보았다. 그런데 무섭게 성장한 히드로 2세가 레디븐 백작을 몰아낸 것이다.

자신이 만들어낸 커다란 바람은 히드로 2세의 성향마저 바꿔놓았다.

"재미있군, 인간의 가능성이 무궁무진하다는 말에 이런 경우인가."

제국을 멸망으로 이끈 어리석은 군주가 그토록 당당한 눈빛을 보일 줄 어떻게 알았던가.

자신의 존재 하나로 만들어낸 거대한 변화에 티엘은 즐거움을 느꼈다.

모든 것이 자신의 뜻대로 이루어지지 않는 현 상황에 대한 만족감이었다.

권력을 쥔 히드로 2세가 어떻게 움직일지 몰랐지만 고착화된 지금 상황보다 훨씬 흥미로운 전개가 펼쳐질 것임이 분명했다.

"무엇보다 로즈."

히드로 2세의 바뀐 것이 즐거웠다면 로즈의 변화 또한 놀라웠다.

그녀가 얻은 힘은 대체 무엇이란 말인가.

전생에서 얻은 방대한 지식으로 찾아보았지만 그 힘의 근원은 알아낼 수 없었다.

그래서 흥미로웠고, 자신을 꺾겠다고 당당히 공언한 태도 또한 재밌었다.

"지켜보면 되겠지."

가장 간단한 것은 기다림이다. 마계의 문을 열기 위해 움직였던 티엘은 황도에서 시작된 거대한 변화의 물결을 지켜보기로 했다.

황도를 장악한 히드로 2세는 눈부시게 빠른 행동으로 권력을 움켜쥐기 시작했다.

가장 먼저 황도 곳곳에 산재한 귀족들을 철저하게 탄압했다. 그동안 권력자에게 빌붙어서 기생하던 이들을 모조리 체포했고, 반항하면 가차 없이 죽여 버림으로써 그동안 가진 황제의 유약한 이미지를 단숨에 벗어버렸다.

거기에 그치지 않고 군을 조직하여 인근 영지 공략에 들어갔다. 레디븐 백작을 따라 세이주 지방에 군을 차출한 그들은 군을 동원할 겨를도 없이 하나둘씩 무너지기 시작했다.

무엇보다 전쟁에 참전한 근위기사들의 신위가 놀라웠다. 그들은 정령의 속성을 다루며 압도적인 힘으로 적의 기사단은 궤멸시키고 성을 점령했다.

두 달.

황도 인근의 모든 영지를 장악하는 데 걸린 시간이었다.

신속한 행보로 단숨에 모든 권력을 틀어쥔 히드로 2세는 그토록 꿈에 그리던 절대 권력을 손에 넣게 되었다.

"숙부님."

"예, 폐하."

"지금도 제 모습이 믿기지 않습니다. 정말 짐이 온전한 권력을 쥔 것이 맞습니까?"

"폐하께서는 제국의 절대자이십니다. 지금의 모습이 본래 제국의 황제가 보여줘야 할 모습입니다."

"……."

확신이 담긴 목소리에 히드로 2세는 침묵했다.

그것은 거대한 파도와 같았다. 전신을 잠식한 감동은 말을 잊게 만들만큼 강렬했다.

권력은 사람을 취하게 만들어 무너뜨리는 마약과도 같았다.

손짓 하나에 수천, 수만 명의 운명이 결정되며, 그들의 목숨을 좌지우지할 수 있다.

모든 것은 황제만이 가능한 일이다.

여태까지 다른 권력자들이 황제의 권력을 제한하고 자신의 것처럼 휘둘렀을 뿐.

하지만 이제 모든 권력은 히드로 2세에게 쥐어졌고, 윈스터 후작가도, 로운 후작가도, 위클린 공작가도, 아스트롱 공작가도 모두 예를 취하고 있었다.

이 맛이다.

이것이 제국을 지배하는 절대자인 황제의 자리다.

더 이상 힘이 없어서 뒤로 물러나 상황이 흘러가는 것만 지켜보던 무기력한 자신은 존재하지 않았다.

입가에 미소를 지은 히드로 2세는 세상을 모두 가진 것처럼 감격에 겨워 몸을 떨었다.

오롯이 홀로 군림하는 그를 보며 카본 대공도 속으로 미소를 지었다.

황제의 권한 강화는 제국의 존재 이유이며, 숨은 검의 임무였다.

그로 인해 엘리멘탈 프로젝트가 외부에 유출되고, 자신의 존재 또한 희미해졌지만 개의치 않았다.

제국의 숨은 검 자체가 제국을 위한 인물이었으니 할 일을 해냈다는 것만으로도 만족했다.

"이제 때가 되었다고 생각합니다. 숙부님께 부탁드릴 것이 있습니다."

"하명하소서."

"아니, 이것은 명령으로 할 일이 아닙니다. 숙부님께 드릴 부탁이기 때문입니다."

“……?”

정중해진 히드로 2세의 음성에 카본 대공은 의아한 표정을 감추지 않았다.

미소를 지은 그가 정중히 말을 건넸다.

“로즈 누님을 제게 주십시오.”

“…폐하!”

경악한 카본 대공이 한 걸음 뒤로 물러났지만 결연한 히드로 2세의 표정에는 변화가 없었다.

“짐이 부족한 인물이고, 로즈 누님과 사촌지간이라는 것을 알고 있습니다. 세간에서 손가락질을 할 것도 알고 있지만 오래전부터 누님을 마음에 담아두고 있었습니다. 저는 로즈 누님을 황후로 맞이하여 함께 제국의 영광을 재현하고 싶습니다. 도와주십시오, 숙부님.”

자리에서 일어난 히드로 2세가 고개를 숙이며 부탁했다. 그에 카본 대공은 아무 말도 하지 않은 채 침묵에 빠져들었다.

이미 로즈가 티엘을 마음에 두고 있는 것은 그도 알고 상대도 알고 있다.

그럼에도 자신의 설득을 구하는 이유는 간단했다.

바로 설득.

굳건한 로즈의 마음을 흔들어 달라는 말이었다.

머릿속이 복잡하게 헝클어지는 기분에 카본 대공은 조용히 눈을 감았다.

'무엇이 로즈를 위한 일인가.'

티엘에게 향하는 것도 원치 않고 히드로 2세의 부인이 되어 황후의 자리에 오르는 것도 싫었다. 그저 자신이 사랑하는 남자를 만나 소박하게 살아가는 모습을 보고 싶었지만 자신만의 욕심이라는 걸 누구보다 잘 알고 있다.

이미 힘으로도 어찌하기 힘든 로즈에게 자신이 할 수 있는 것은 말로 하는 설득뿐이다.

"너무나도 어려운 부탁입니다, 폐하. 제 어깨에 자리한 이 부담감을 어찌하실 겁니다."

"부탁드릴 사람이라고는 숙부님밖에 없습니다."

"후우."

깊은 한숨을 내쉰 카본 대공은 고개를 절레절레 저었다. 부정적인 그의 반응에 히드로 2세는 점차 표정이 굳어가기 시작했다.

"한번 설득은 해보겠습니다. 하지만 선택은 온전히 로즈의 몫임을 알아주십시오."

"물론입니다. 만약 누님이 끝까지 거부한다면 대화할 기회를 주십시오. 제 마음은 진지합니다."

"예."

머릿속이 복잡했다. 어떻게 설득을 해야 할지, 그녀가 순순히 받아들일지 여부에 대해서 카본 대공은 갈피를 잡을 수 없었지만 적어도 어떤 것이 최선인지는 안다.

지금은 히드로 2세의 심기를 거스르지 않고 말을 건네는 게 좋았다.

'모든 것은 네 몫이다, 로즈.'

두 달 동안 제국의 황도가 급박하게 흘러가는 동안 남부 로운 후작가는 때 아닌 평화로움을 맞이했다.

히드로 2세가 대대적으로 군을 일으켜 전쟁을 벌이면서 가장 큰 수혜를 입은 것이 바로 로운 후작가였다.

속전속결로 영주들을 제압하고 영지를 취했지만 전쟁이 벌어지는 과정에서 수많은 유랑민이 발생했고, 미리 준비한 상황에서 차례대로 받아들임에 따라 많은 인구를 수용하게 되었다.

"놀라운 일을 벌였군, 토릭슨."

"저도 일이 이렇게 커질 줄 몰랐습니다. 모든 것이 주군께서 저를 믿고 일을 맡겨주셔서입니다."

"그래도 자기 공이라고 말은 하는군."

"하하! 아니라고 했다가는 자칫 빼앗길 수도 있지 않습니까?"

"내가 부하의 공을 뺏는 것처럼 보였나?"

"그것은 아니지만 챙길 때는 확실하게 챙기는 버릇이 있다 보니 그렇습니다. 용서해 주시길."

"중부의 혼란으로 많은 기회를 손에 넣을 수 있게 되었더군. 앞으로 어떻게 할 예정이지?"

"신이 보기에 모든 상황은 가문을 위한 것이라고 해도 과언이 아닐 정도로 이상적으로 돌아가고 있습니다. 이를 적절하게 활용한다면 탄탄한 초석을 쌓아 누구도 넘볼 수 없는 철옹성이 되리라 믿습니다."

자신감을 드러내며 말을 이어가는 토릭슨이었다. 이번 황제의 정변에서 가장 큰 역할을 한 것이 그였고, 실제로 감사의 인사 또한 전해 들었다.

"군의 정비는?"

"순조롭게 진행되고 있습니다."

자신감이 담긴 클리멘트 남작의 대답에 티엘이 고개를 끄덕였다.

아스트롱 공작가에 도움을 청하며 여분의 전력을 끌어 모을 정도로 병사 증강에 힘을 쏟고 있었다. 그렇게 가문 내에 준비해 둔 군의 숫자는 오만을 헤아렸다. 이들이 빠져나가면 헤인조 지방의 방어는 텅 비게 되지만 티엘은 전혀 개의치 않았다.

"주군!"

"말해라, 제이론."

티엘의 허락이 떨어졌지만 제이론은 망설이는 기색을 보였다. 그러다 주변에서 모여드는 눈길에 입술을 지그시 깨문 뒤 질문을 꺼내 들었다.

"혹시 군을 모으는 이유가 칼헤린 지방의 공략입니까?"

"알고 있군. 칼헤린 지방을 점령할 생각이다."

담담한 대답이었지만 주변에서 터져 나오는 반응은 상상 이상이었다.

"…헉!"

"정말이었군."

"칼헤린 지방이라니."

세 명의 책사가 모두 놀라는 이유.

그것은 칼헤린 지방의 공략이 결코 쉽지 않아서였다.

위클린 공작이 자리하고 있는 칼헤린 지방은 하나의 왕국이라고 해도 과언이 아닐 만큼 방대한 영토와 인구를 보유한 곳이다.

제국의 공격에 끝까지 대항하던 칼헤린 지방은 제국에 편입된 뒤, 황족인 위클린 공작이 파견되어 수십 년 동안 공을 들여 잡음을 말끔하게 지워 버릴 만큼 역량이 뛰어난 곳이었다.

헤인조 지방 전체 면적보다 절반 정도 더 큰 칼헤린 지방은 오만의 군대로 점령할 수 있는 곳이 아니었다.

"주군, 신의 말이 기분 나쁠지 모르나 오만의 군으로 칼헤린 지방을 점령하는 것은 무리라고 보고 있습니다."

제국이 칼헤린 지방을 점령할 때 동원한 군의 숫자가 오십 만이었다.

불과 오만의 군으로 점령할 만큼 만만한 곳이 아니었다.

"알고 있다. 오만의 숫자로는 턱없이 부족하지."

"그런데 어찌하여……."

티엘이 칼헤린 지방을 목적지로 두고 군을 정비하고 있다는 것 정도는 진즉에 알고 있었다. 하지만 기껏해야 위클린 공작가를 압박하는 수준으로 생각했지, 칼헤린 지방을 점령할 거라는 생각은 하지 못했다.

"앞으로 벌일 일을 감안하면 칼헤린 지방은 반드시 점령해 둬야 한다. 가만히 두다가는 위클린 공작이 언제 움직일지 모르니까."

지난 아스토롱 공작가 전쟁에서 입은 피해도 적었고, 몇 년 동안 꾸준히 전력을 축적한 위클린 공작가의 힘은 숨은 강자였다.

마계의 문을 열 계획을 세우고 있는 티엘 입장에서 칼헤린 지방의 위클린 공작을 완전히 지워 버리거나 점령하는 것이 편했다.

“꼭 점령할 생각은 없으니 너무 걱정하지 말도록.”

“그래도…….”

전력이 너무 부족했기에 책사들의 얼굴에는 불안감이 서려 있었다.

“그래서 준비한 게 있다.”

“준비한 것이라 함은?”

“바로 블레임 왕국의 용병이다.”

“헉!”

상상 이상의 준비에 다시 한 번 놀랐다. 어떻게 된 영문인지 묻는 눈길에 티엘은 간단하게 설명했다.

“카젤 국왕의 상처를 치료하며 대가를 받기로 했다. 삼만의 용병을 지원받기로 했으니 우리는 북쪽에서 용병들은 남쪽에고 공격을 시작한다.”

그래도 도합 팔만에 불과한 숫자였지만 적의 전력을 둘로 분리할 수 있다는 점을 감안하면 충분히 해볼 만했다.

“주군, 정말 칼헤린 지방을 점령하실 생각입니까?”

티엘의 의중이 굳어졌지만 제이론은 여전히 우려 섞인 시선을 지우지 못했다.

“최종적인 목표일 뿐, 일차적인 목적은 위클린 공작가의 멸망이다.”

"음! 그렇다면……."

"머리가 사라지면 그 아랫것들이 권력을 차지하기 위해 싸우겠지. 가장 이상적인 건 점령이지만 꼭 그럴 이유는 없다."

"아!"

그제야 티엘이 어떤 생각을 하고 있는지 알아차린 그들이었다.

"속전속결로 이루어져야 하니 만반의 준비를 하노록."

"예, 주군!"

티엘이 계획하고 있는 것이 무엇인지 알지 못했지만 상상 이상으로 거대하다는 것을 깨달은 그들은 일제히 고개를 숙이며 외쳤다.

"…미안하다."

"……."

카본 대공의 말을 들은 로즈는 조용히 침묵했다. 부녀가 앉은 자리로 무거운 침묵이 내려앉았다. 생각에 잠긴 그녀의 머릿속으로 울려 퍼진 것은 율리아의 웃음소리다.

[후후! 이래서 아름다운 여인들은 괴롭죠. 가만히 있어도 반한 남자들이 다가오니.]

'예상하고 있었어?'

[그렇게 뜨거운 눈길로 바라보는데 모를 리가 있나요? 자신

을 사모하는 마음도 알아주지 못하다니, 로즈는 나쁜 여자로군요.]

'관심 없어. 내겐 내 사랑만 중요하지, 다른 사람의 사랑은 중요하지 않으니까.'

그것이 그녀의 솔직한 마음이었다. 당장이라도 거절의 뜻을 드러내고 싶었지만 신중한 카본 대공의 모습에 함부로 말을 할 수 없었다.

"마음에 걸리는 부분이 있나요?"

"더 이상 온화한 예전의 폐하라고 생각하면 곤란하다. 권력을 쥔 폐하는 제국을 움직일 수 있는 힘을 갖고 계시다."

이것을 바랐지만 막상 자신에게 닥치자 그리 유쾌하지 못했다.

하지만 히드로 2세의 마음은 굳어졌고, 자신은 그 의중을 전달하게 되었다. 사촌지간이 혼인이 가능한 이상, 문제가 될 것은 없다.

"제가 어떤 결정을 내리길 원하시죠?"

"모든 건 네 뜻대로 될 거다. 대신 거절한다면 폐하와 한 번 대화를 나눠야 한다."

"거절하더라도 어떻게든 설득해 보겠다는 뜻이군요."

"…그런 셈이지."

히드로 2세의 생각을 모를 리 없는 카본 대공이었다. 그리고 그의 행동은 그리 잘못된 것은 아니었다. 만약 그가 폭군이었다면 자신의 권력을 내세워 강제로 취하려고 했을 테니 말이다.

"거절하겠어요."

"그만큼 로운 후작을 향한 마음이 확고하다는 것이냐?"

"네, 제가 이렇게 바뀐 것도 모두 그분에게 가기 위한 준비니까요."

"……."

두 눈을 번뜩이는 모습에서 사랑하는 것을 넘어선 무언가가 느껴졌지만 카본 대공은 그것을 지적할 수 없었다.

로즈가 사랑과 집착 사이에서 혼동할 거라 생각지 않았기에. 그저 자신을 저버린 남자이기에 조금 관심이 많을 거라 여겼다.

"알겠다. 폐하께 고하마. 대신 독대하는 자리에서 네가 매듭을 짓도록 해라."

"그럴게요, 감사합니다. 저를 위해서 이렇게까지……."

"하하! 딸을 위해 이 정도도 못해줄까."

유쾌하게 웃음을 지었지만 자신이 할 수 있는 것이 이 정도가 한계라는 사실에 카본 대공은 마음이 좋지 못했다.

제국의 숨은 검이며, 절대강자의 반열에 오른 자신이 무력감을 느끼다니.

모든 것이 원만하게 풀려가고 있었지만 답답한 가슴은 풀릴 줄 몰랐다.

용건을 전달한 카본 대공은 로즈에게 생각할 시간을 가지라며 자리를 비켜주었다.

방에 홀로 남은 로즈는 자리에서 일어나 방안을 걸으며 중얼거렸다.

"나는 내가 원하는 사랑을 쟁취하고 싶을 뿐인데, 세상은 왜 이러는지……."

[…….]

평소라면 한마디 거들었을 율리아가 아무런 말도 하지 않았다. 그것이 의아할 법도 했지만 로즈는 걸음을 옮길 뿐이었다.

권력을 거머쥔 히드로 2세는 전과 달라지지 않았다. 로즈가 방문하자, 환한 미소를 지으며 그녀를 맞이하였다.

"하하! 어서 오십시오, 누님."

"이렇게 불러주셔서 감사합니다."

"무슨 말을, 짐에게 큰 도움을 준 숙부님이나 묵묵히 지지해 준 누님에게 늘 감사한 마음을 가지고 있습니다. 개의치 말고 천천히 들도록 하지요."

"네."

히드로 2세는 식사자리에 그녀를 초대했고, 둘은 커다란 원형 탁자에 마주 앉아 식사를 시작했다.

호화롭게 차려진 음식을 하나씩 들면서 즐거운 담소를 주고받았다. 대부분 권력을 움켜쥐게 된 과정과 몰락하게 된 귀족의 최후에 관한 것이었다.

"권력이란 것이 허망하지만 놓을 수 없는 것이란 걸 알게 되었습니다. 그들은 목숨을 잃는 그 순간까지 권력에 대한 미련을 놓지 못했지요."

"어리석네요."

"예, 어리석습니다. 하지만 그런 집착이 있어서 권력을 쥘 수 있었던 것입니다."

정계 귀족들을 숙청하면서 히드로 2세가 느낀 점은 많았다. 권력을 쥐고 놓지 않기 위해서는 집착을 해야 한다는 점, 정적은 확실하게 제거해야 하며, 틈 자체를 주어서는 안 된다는 것 등 무수히 많은 권력의 속성을 깨달았다.

아직 이십 대였지만 히드로 2세가 거쳐 온 정계의 경험은 어느 귀족 못지않았다.

"폐하께서는 훌륭한 성군이 될 거라고 믿어요."

"아니요, 누님에게는 죄송하지만 제게는 성군이 될 생각이 없습니다. 그럴 자질도 없지만."

"그럼……."

"전 패군이 될 겁니다. 제국을 휘어잡고 전 대륙을 아우를 수 있는 패군이!"

[박력 있는 걸요? 주변 인물이 받쳐주면 못할 것도 없어 보이는데.]

강한 힘이 담긴 그의 목소리에는 사람의 마음을 울리는 힘이 담겨 있었다. 로즈 또한 굳건한 그의 의지를 느낄 수 있었다.

"해내실 수 있어요."

"그래서 누님이 필요합니다."

"…무슨 말씀인지 모르겠어요."

강렬한 염원이 담긴 히드로 2세의 눈빛에 로즈는 안색을 굳혔다. 그에 아랑곳하지 않고 그녀를 바라보는 히드로 2세는 다시 한 번 말했다.

"제 곁에는 누님이 있어야 합니다."

"……."

"숙부님께 들었을 것입니다. 저는 누님이 저와 함께해 주시길 원합니다. 정녕 불가능한 일입니까?"

"전 전하의 곁에 있기에는 부족한 여인이에요. 말씀은 감사하지만 제게 그럴 자격이 없다고 생각해요."

몇 살 어린 사촌 동생이고, 제국의 지배자가 된 인물이었다. 한 번도 이성적으로 생각해 본 적 없고, 그럴 거란 기대도 가진 적이 없었다.

완고한 그녀의 거부에 히드로 2세의 표정이 일그러지기 시작했다.

"그렇지 않습니다. 정녕, 제 마음을 알아주지 않는 것입니까?"

"죄송해요, 폐하."

"로운 후작 때문입니까?"

"…네, 맞아요."

아니라고 할 수도 있고 말을 돌릴 수도 있지만 괜한 말로 히드로 2세가 허튼 희망을 가지게 할 수 없었다. 마음을 굳힌 그녀가 고개를 끄덕이니 참혹할 정도로 표정이 일그러졌다.

"하! 그는 제에게서 모든 것을 빼앗아가려고 하는군요. 권력도, 권위도, 무력도, 여인까지도."

"그렇지 않아요. 그분은 세속의 영광에 연연치 않아요."

"믿으라고 하는 말이 아님을 압니다."

"정말 오해예요. 오해인데……."

히드로 2세가 잘못 가지고 있는 생각을 바로 잡아주고 싶었지만 자신이 말을 하면 할수록 오해는 깊어질 뿐이란 걸 깨달았다. 자신으로 인해 모든 것이 뒤틀렸다는 생각이 들자 로즈의 안색이 침울해졌다.

"누님은 어떤 면이 좋았습니까?"

“그는 자유로웠어요. 가문의 주인이지만 연연하지 않았고, 자신의 것을 지키기 위해 노력하는 모습이 인상 깊었어요. 처음에는 호감이 없었지만 시간이 지날수록 깊어지기 시작했어요.”

“…누님은 정말 그를 좋아하고 있었군요. 제가 파고들 틈이 없을 만큼. 알겠습니다. 오늘은 여기까지 대화를 하도록 하지요.”

더 대화를 나눴다가는 스스로 행동이 어떻게 될지 장담할 수 없었다. 히드로 2세는 간신히 이성을 유지하며 조용히 식사를 즐기다가 식사를 끝냈다.

로즈도 더 말을 하지 않고 묵묵히 음식을 먹은 뒤 황궁을 나섰다.

[아주 잘하는 짓이네요.]

밖으로 나오기 무섭게 율리아의 빈정거림이 뇌리에 울려 퍼졌다. 멈칫한 로즈는 표정을 찌푸리며 자신의 생각을 말했다.

‘난 잘못하지 않았어.’

[사랑을 고백하는 남자 앞에서 다른 남자를 사랑한다며 찬양을 하는데 그게 옳은 건가요? 앞으로 두고두고 귀찮아질 수 있어요.]

‘내가 감내해야 할 일이야.’

[고집하고는. 그게 좋긴 하지만 다른 사람들에게는 안 좋게 보일 수도 있어요. 명심해요, 난 당신을 위해 이런 말을 하는 거니까.]

'그건 고맙게 생각하고 있어.'

감사하는 마음만큼은 진심이었다. 율리아의 도움이 아니고서 자신이 지금처럼 되는 것은 불가능한 일이다.

그녀의 머릿속에 남은 것은 끝까지 미련을 보이던 히드로 2세의 눈빛이었다.

권력을 쥔 그가 간절히 원하는 것을 발견했을 때 어떤 태도를 보일지 알 수 없었다.

'더 강해져야 돼.'

제7장

과거와 현재의 조우

크레티아가 레이든을 낳고, 카롤리나가 케이트를 낳으면서 후계 구조가 정립되기 시작했지만 티엘은 자식들에게 많은 신경을 기울이지 못했다.

마왕이 속속 등장함에 따라 중간계는 마계의 침공을 앞두게 되었고, 티엘은 그들의 계획이 먼저 완성되기 전에 선수를 치고자 준비 중이었다.

마계의 문을 열기 위해서는 많은 준비를 필요로 했다. 그러기 위해 가장 먼저 주변 환경을 정리하기 시작했고, 그 첫 목표가 위클린 공작가였다.

모든 것이 핑계에 불과하다는 걸 티엘도 잘 안다. 자신의 무관심이 다른 이들에게 큰 상처가 될 수 있다는 걸 알았기에 위클린 공작가로 진군하기 전, 가족들을 불러 모아 식사자리를 가졌다.

좀처럼 모습을 드러내지 않는 티엘의 초대에 식구들이 한 자리에 모였다.

세 부인과 두 아이, 그리고 어머니 마리아와 여동생 실비아, 남편인 그원과 아들까지.

도합 열 명이 모인 식사 자리는 화기애애했다. 전운이 감돌고 있었지만 누구도 입 밖으로 그 사실을 드러내지 않고 있었다.

"얼마 후면 전쟁이 벌어질 거다."

화기애애한 분위기에 찬물을 끼얹은 것은 티엘이었다. 그가 말하기 무섭게 식사 자리는 차갑게 냉각되었다.

주변의 시선이 모여들었지만 전혀 개의치 않는 기색이었다.

가볍게 헛기침을 한 뒤, 용건만 언급했다.

"위클린 공작가로 향할 것이며, 이번 원정은 제법 길어지겠지."

"꼭 전쟁을 해야 하는 거니?"

마리아가 근심 섞인 목소리로 말했다. 가문의 힘이 제국 전역에 퍼진 지금, 더 이상 불필요한 전쟁은 하지 않았으면 하는 마음이 컸다.

티엘도 비슷한 마음이었다. 평화롭게 아무것도 하지 않고 유유자적한 삶이 자신의 목표 아니던가. 하지만 미래의 편안함을 위해서는 지금 부지런히 움직여야 했다.

"정해진 사안입니다. 가문이 평화롭기 위해서는 주변의 적들을 굴복시킬 필요가 있습니다."

"그래도……."

"얼마 남지 않았습니다. 그러니 절 믿고 지켜봐 주세요."

"…그래야지."

마리아도 티엘의 생각을 꺾을 수 없다는 걸 알고 있었다. 그저 개인적인 바람을 담아서 한마디 했을 뿐이다.

티엘은 세 부인에게 시선을 옮기며 말했다.

"미안하다, 가장 바쁠 시기에 제대로 아버지 노릇을 하지 못해서."

"괜찮아요. 가문의 일인 걸요. 저는 괜찮으니 믿고 맡겨주세요."

"내가 하려고 했는데. 레이든은 제법 커서 괜찮아요. 어머니를 도와 가문을 잘 보살필 테니 걱정하지 말고 몸 조심히 다녀오세요."

"고맙다."

카롤리나에 이어 크레티아가 한마디 거드니 티엘이 옅게 미소를 지을 수 있었다. 그리고 로웰린에게 고개를 돌리는 순간 멈칫했다.

"지금……."

"네, 임신했어요."

환하게 미소 짓고 있는 로웰린의 모습은 눈부시게 아름다웠다. 그동안 오매불망 기다리던 아이가 마침내 들어선 것이다.

"으음!"

"정말요? 축하드려요, 언니."

"축하해요, 오빠!"

"축하드립니다."

곳곳에서 로웰린의 임신 소식을 축하해 주었다. 이미 알고 있던 마리아와 실비아는 흐뭇한 미소를 짓고 있었다. 그동안 그녀가 얼마나 고민을 했는지 곁에서 지켜보았기에 누구보다 잘 알고 있었다.

"고맙다."

"몸 조심히 있을게요. 걱정하지 마시고 일을 보고 오세요."

"그러지."

임신하지 못하여 그늘져 있던 로웰린이 밝은 표정을 지으니 티엘도 한결 마음이 놓였다.

"그윈."

"예, 주군!"

사적인 자리였지만 힘이 실린 목소리에 그윈이 힘차게 대답했다.

"가문의 방어는 네게 맡길 것이다."

"예? 절 데려가는 것이 아니었습니까?"

원정에는 언제나 그윈이 총사령관을 맡아서 작전을 수행하곤 했다. 이번에도 그럴 거라 여겼는데 티엘의 말은 의외의 것이었다.

"너의 잦은 원정에 불만을 갖는 사람이 있더군."

"흠흠!"

티엘의 시선을 받은 실비아는 헛기침을 흘렸지만 이곳이 모인 사람들은 불만을 가진 사람이 누구인지 정확하게 알게 되었다.

"그래서 남기게 되었다."

"예……."

힐끗 실비아의 눈치를 본 그윈이 강하게 고개를 끄덕였다.

"이번 원정에는 렉스터 자작이 함께 할 것이고."

"아! 예, 명을 받듭니다. 목숨을 바쳐 가문을 수호하겠습니다."

"말은 잘하는군, 나쁘지 않아."

"하하! 예전부터 말은 잘하지 않았습니까."

세월이 흘러 혈기 넘치던 그윈도 노련하게 티엘의 말을 받아칠 수 있게 되었다.

"그럼 식사를 하도록 하지. 원정이 시작되면 기약할 수 없을 테니."

한 왕국에 버금가는 거대한 영토, 칼헤린 지방.

티엘이 정복의 깃발을 꼽을 새로운 장소였다.

히드로 2세가 황도와 인근 지방을 장악한 소식이 퍼진 지 얼마 지나지 않아 티엘의 칼헤린 지방 원정 소식이 널리 퍼졌다.

그리고 원정을 위해 오만의 군을 동원했다는 사실이 알려지면서 각지의 정보원이 로운 후작가에 모여들었다.

"하고 싶은 말이 있나?"

원정군 출발 하루를 앞두고 클레디오 백작이 티엘을 찾았다.

"왜 나를 데려가지 않는지 모르겠군."

"아직 실력이 덜 여물었으니까."

"아직도 부족하다는 뜻인가? 이거 굉장히 아쉽게 되었군."

그동안 열심히 수련을 해왔음에도 부족하다는 것이 씁쓸

하게 느껴졌다.

"마왕을 상대하기 위해서는 더 강해져야 한다. 그 정도로 마계의 문을 열고 등장하는 이들을 맞이할 생각은 버리는 게 좋겠지."

"후벼 파는군. 알겠다. 이곳에 남아 수련을 계속하도록 하지. 겸사겸사 가문을 지키라는 말처럼 들리고."

"잘 알고 있군."

"그럼 한 가지만 묻자, 저번에 말했을 때 마계에는 마왕이 있고 그보다 위해 대마왕과 마황이 존재한다고 했다. 그 구분의 기준이 뭐지?"

얼핏 들으면 마왕보다 대마왕이 그리고 대마왕보다 마황이 더 강할 것처럼 여겨졌다. 하지만 티엘의 말을 조용히 곱씹어 보니 그가 그런 말을 한 적이 없다는 것을 깨닫게 되었다. 클레디오 백작은 마계를 다스리는 존재들이 어떤 기준으로 구분되는지 궁금했다.

"세력이다."

"개인적인 강함이 아니고?"

"세력이 곧 개인적인 강함과 직결되지. 정확하게 보면 마왕과 대마왕은 큰 차이가 존재하지 않는다. 대마왕이 더 강한 힘을 지니고 있지만 마왕이 대마왕을 꺾는 경우도 있으니까. 가장 큰 차이는 마황의 자리에 도전할 수 있는 자격이다."

"자격이라고?"

"마황은 네임드다. 수백, 수천만 년 동안 고유의 이름을 지켜온 자들이지. 마황이 되면 절대 소멸하지 않는 불멸의 생명을 손에 넣게 된다. 모든 마왕들이 대마왕이 되고 마황의 자리에 도전하려는 이유는 이 불멸의 생명 때문이지."

"불멸의 생명이라……."

디엘의 말이 무엇을 의미하는지 감을 잡기 힘들었다. 하지만 듣는 것만으로도 강렬한 유혹을 느낄 만큼 끌렸다.

"중간계에 건너오는 것이 대부분 마왕인 이유는 대마왕에 올라설 힘을 보충하기 위함이다. 대마왕은 먹음직하지 않은 중간계에 눈독을 들이지 않지."

"그럼 대마왕은 보기 힘들겠군."

"지켜봐야겠지. 한 가지 분명한 건 대마왕이 강림하면 저번처럼 시시하게 흘러갈 리 없다는 점이다."

"그게 시시하다니."

슈크라인이 일으킨 전쟁과 지독한 전투를 떠올린 클레디오 백작이 표정을 찌푸렸다.

가끔씩 생각날 만큼 그의 강함은 진짜였다.

"넌 흑룡왕의 힘을 이어받은 인간. 충분히 마왕과 견줄 수 있는 실력을 지닐 수 있으니 부지런히 수련하도록. 기대에 미치지 못하면 이 재미있는 계획을 나 혼자서 독식할 수밖에 없으니까."

"재미있는 계획이라, 크크! 생각해 보니 진짜 미친놈은 내가 아니라 따로 있었군. 아주 재미있어."

마계의 문을 열고 마왕을 상대하겠다는 것이 재미있는 계획이라 칭하니, 클레디오 백작은 입가를 비집고 흘러나오는 웃음을 참을 수 없었다.

"좋다, 목숨을 내놓고 최선을 다해 수련하도록 하지. 실망을 끼치기 싫으니까."

"그럼 기대하지."

클레디오 백작이 얼마나 높은 수준에 올라설지 여부는 원정을 다녀온 뒤 알게 될 일이다. 자신이 해줄 수 있는 말을 모두 한 티엘은 더 망설이지 않고 일별했다.

원정을 떠나기 위해 해야 할 일들은 많았다.

칼헤린 지방으로 떠나는 오만의 군을 이끄는 면면은 화려했다.

군을 이끄는 것은 렉스터 남작이었고, 선봉 부대는 하멜 남작이 맡았다. 그리고 군의 책사는 클리멘트 남작이 임명되었으며, 본대에는 티엘이 직접 자리를 지켰다.

오만에 불과한 숫자였지만 렉스터 남작과 하멜 남작은 이름 높은 마스터였고, 클리멘트 남작은 라이오너 후작을 보좌하고 로운 후작가에 투신하면서 그 재능을 만방에 떨친 지략가였다.

빈틈없는 인선은 위클린 공작가로 하여금 긴장하게 만들었다.

병사의 숫자는 적었지만 마왕을 물리쳤다는 티엘의 존재감 하나가 수십만의 병사 이상 몫을 하고 있었다.

"갑자기 공격이라니……."

표정을 찌푸린 그는 주변을 둘러보았다. 왕국에 버금가는 지방답게 무수히 많은 인재가 존재하고, 가문을 위해 종사하고 있다.

수십 년 동안 힘을 기르고, 전력을 비축한 위클린 공작은 상대가 윈스터 공작이라고 해도 자신이 있었다. 하지만 상대가 로운 후작이라면 이야기는 달라진다.

"방책을 말하도록."

"예, 주군!"

위클린 공작가의 책사인 헤수스 남작이 자리에서 일어나 예를 취했다. 그리고 주변을 둘러보며 정보를 종합한 내용을 바탕으로 회의를 주도했다.

"우선 정보원들에게 들어온 정보는 사실로 확인되었습니다. 현재 로운 후작과 렉스터 남작이 본대에 자리하고 있으며, 선봉에는 하멜 남작이, 전체적인 군의 조율은 클리멘트 남작이 맡고 있습니다. 이들 모두 각자 지닌 능력이 분명한, 까다로운 인물들입니다."

"그건 알고 있다. 상대할 방책은 있나?"

"칼헤린 지방은 그 자체로 천혜의 요새입니다. 제국이 이곳을 점령하기 위해 치른 희생을 감안하면 제아무리 로운 후작이라고 해도 함락시키기 힘듭니다."

"특별한 방법은 없다는 뜻이군."

"늘 그래왔듯 신이 주신 지형을 이용하면 됩니다. 주군! 칼헤린 지방은 주군이 다스리는 위대한 요새입니다."

강한 믿음이 실린 목소리였고, 주변 모두 확고한 표정으로 고개를 끄덕였다.

외부에 차마 지나다니기 힘든 거친 협곡과 산이 즐비했고, 이러한 관문 곳곳을 지나치고 내부로 들어오고 나서야 비로소 칼헤린 지방의 사람들이 사는 성과 마주할 수 있다.

병사들이 그 지역을 지나친다는 것은 체력의 한계를 시험하는 장이 될 터였다.

"격전지는 어디로 잡고 있지?"

"칼더빌입니다."

"흐음, 칼더빌이라."

칼더빌은 위클린 공작령에서 북부와 동부로 통하는 길이다. 천혜의 요새이자, 길목인 이곳은 적에게 재앙과도 같은

곳으로 통한다.

무려 오십 미터가 넘는 성벽과 강력한 대마법 방어진이 존재하여 제국이 이곳을 점령할 당시 누적된 피해가 십만이 넘었다.

"가스필 자작."

"예, 주군! 하명하소서."

위클린 공작의 호명에 힘차게 대답하며 자리에서 일어난 중년인이 우렁찬 목소리로 외쳤다.

믿음직한 그 모습에 미소가 지어졌다.

"칼더빌의 수비를 그대에게 맡기겠다."

"최선을 다하겠습니다."

가스필 자작은 위클린 공작이 원정을 떠날 때면 칼헤린 지방의 수비를 책임지는 인물이다. 그가 칼더빌 방어를 맡았다는 것은 위클린 공작의 의중을 드러내는 부분이었다.

"로운 후작가 녀석들이 조금도 발을 들이지 못하게 하도록."

그의 눈에 싸늘한 빛이 흘러나왔다.

"……."

빛 한 점 들지 않는 어두운 공간에 무거운 침묵이 깔렸다. 그 속에 있는 것은 두 인영이었다. 한 명은 머리를 깔끔하게 빗어 넘긴 잘생긴 청년이었고, 다른 한 명은 온몸에 갑옷을 두른 기사였다.

"차도가 없나."

"아주 지독한 녀석이다. 전혀 나아지지 않고 있어. 크크, 크크크! 마왕인 내가 이렇게 처참하게 당할 줄이야."

자리에 있는 둘은 켈그라인과 슈크라인이었다. 티엘과 일별한 뒤 마련해 둔 은신처로 돌아오고 나서 휴식에 심혈을 기울이고 있었다.

하지만 슈크라인이 입은 부상은 회복되지 않았다. 마치 전염병처럼 전신에 퍼져 나가 어둠의 마나를 빠른 속도로 갉아먹고 있었다.

어떻게든 극복을 해보려고 했지만 상황은 바뀌지 않았다. 처참하게 일그러진 슈크라인은 전신을 누비는 기운을 내몰아 내려고 했지만 역부족이었다.

"심각하군."

"마왕인 내가 인간 나부랭이에게 이런 수치를 겪다니."

전마왕 슈크라인은 단 한 번도 당해보지 않은 치욕감에 몸을 떨었다.

언제나 치열하게 전투에 임하는 그로서는 자신이 처한 상황이 이해가 되지 않았다.

일개 인간이 그토록 강력한 무력을 지니고 있다니!

중간계에 침공할 계획을 갖고 있던 그로서는 청천벽력과도 같았다.

"평범한 인간이 아니니 그럴 수밖에."

"알고 있나."

"흑룡왕이 당했다고 하면 이해가 되나."

"흑룡왕 그 도마뱀이? 크크! 얼마 전 본체에 심각한 타격을 입었다고 들었는데 인간의 소행이었군."

흑룡왕 카를렌스의 치명상은 마계에서도 유명한 일화에 속했다. 오래 전부터 중간계에 강림하기 위해 수작을 부리던 카를렌스가 오히려 거동도 못하는 상황에 처하니 이보다 더 우스운 일이 없었다.

"몸이 나아질 기미가 없어 보이는군."

"내 뜻에 따르지 않으니 나로서도 할 수 있는 것이 없다. 제기랄."

슈크라인의 몸을 헤집는 기운은 켈그라인도 몰아낼 수 없었으니 결국 손을 쓴 당사자에게 찾아가서 영문을 알아봐야 했다.

"그가 알려줄지 모르겠군."

"크크! 그놈이 그럴 거라 생각하나."

"그러니 문제로군. 이렇게 그대를 잃는 것은 달갑지 않은데."

"그렇게 말해주니 고맙군."

마계 내에서 전혀 친분이 없었기에 슈크라인은 자신을 위해 힘 써주는 켈그라인에게 고마움을 느꼈다. 그 이면에 다른 목적이 있다는 것은 알고 있지만 자신을 위해 움직인다는 사실은 변함이 없었다.

"며칠 동안 방법을 찾아보고 아무것도 없다면 찾아가도록 한다."

"…따르도록 하지."

표정을 일그러뜨린 슈크라인이 고개를 끄덕이다가 무언가 생각이 난 듯 말했다.

"한 가지 묻고 싶은 게 있는데."

"뭐지?"

"왜 그에게 카르마 링을 준 거지?"

"아, 카르마 링을 알고 있었나?"

"물론이다. 그 유명한 마병을 모른다는 것이 말이 되나? 왜 카르마 링을 줬지?"

카르마 링은 마계에서도 유명한 마병이었다. 대마왕조차 갈망하는 그 마병을 한낱 인간에게 협상 카드로 내민 이유가 궁금했다.

"미래를 위한 포석이라고 말하고 싶군."

"포석?"

"두고 봐, 카르마 링으로 아주 재미있는 상황이 만들어질 테니까."

시간의 마왕인 켈그라인.

그의 입가에 의미심장한 미소가 걸리는 순간 슈크라인은 가볍게 고개를 끄덕였다.

"천천히 진군하도록."

칼헤린 지방 원정군의 선봉을 맡은 하멜 남작은 천천히 군을 몰며 적의 진영을 파악해 나갔다.

이번 전쟁에서 선봉장인 그의 역할은 제법 컸는데, 험난하기로 유명한 칼헤린 지방의 초입 부근에 매복할 적의 존재를 감지하는 것이 맡은 임무였다.

본래 티엘은 카르딘 남작을 선봉장으로 삼으로 했으나 하멜 남작의 간청에 못 이기는 척 그를 받아들였다.

다혈질적인 성격으로 정면충돌이 잦은 선봉장에 어울리지만 이번 원정의 선봉은 그 성격이 다르기에 주변의 우려가 제법 컸다.

하지만 티엘은 자신의 생각을 강행했고, 그 판단이 틀리지 않음을 증명했다.

군을 이끌 때 하멜 남작은 놀라울 정도로 뜨거운 가슴과 냉철한 머리를 지니고 있었다.

무엇보다 지리를 정확하게 파악하고 지름길로 진군을 하니 속도가 한결 빠르다는 장점이 있었다.

그를 선봉장으로 삼을 걸 강하게 주장한 클리멘트 남작은 고개를 끄덕였다.

"그가 칼헤린 지방 출신이라는 것이 주효했습니다."

"…그렇군."

주변의 반대를 무릅쓰고 강행한 이유가 바로 칼헤린 지방 출신이라는 점이다.

이는 훌륭한 장점이 되어 오만의 원정군이 어렵지 않게 진군하는 밑거름이 되었다.

"칼헤린 지방하면 험한 지형만 생각하기 쉽지만 기후가 달라지면서 자생하는 갖가지 독물과 전염병 등도 주의를 해야 합니다. 하멜 남작이라면 그 부분까지 고려하여 조치를 취할 것입니다."

클리멘트 남작이 이번 전쟁의 책사로 참여한 것은 사소한 부분까지 지식을 겸비하고 위클린 공작가와 경쟁을 했기에 누구보다 그들 사정에 능통하다는 장점이 존재했다.

"이번 전쟁은 속도전이지만 병사들의 진군 속도에 달린 것은 아니다."

"산세를 천천히 지나치기만 하면 됩니다. 칼헤린 지방 내부로 진군하는 것만 성공하면 식량난을 극복하는 것은 어렵지 않습니다."

칼헤린 지방 공략한 자들이 실패한 이유는 험한 지형을 최대한 빠르게 지나치려고 했기 때문이다. 그러다 보니 보급이 충분치 않았고, 이탈자들이 많아 온전한 전투력을 발휘할 수 없었다. 거기에 까마득한 요새가 드러나니 병사들이 전의를 잃는 것은 당연했다.

티엘은 이 부분을 고려하여 진군 속도를 최대한 늦췄고, 보급품도 많이 갖고 가도록 했다.

적이 대비할 시간을 주는 격이지만 그 부분은 개의치 않았다. 가장 중요한 것은 어느 정도 버틸 수 있는 보급품과 병사들의 체력 보전이었다.

잦은 휴식과 삼시세끼 식사 제공은 병사들의 전력과 사기를 유지시켜 주었다.

무엇보다 그들이 용기백배한 이유는 따로 있었다.

"주군의 존재가 힘이 되고 있습니다."

"알고 있다. 그것도 의도한 부분이 있으니까."

"이대로라면 병사들의 전력은 유지되지만 요새를 함락하는 것은 어렵습니다."

"그 부분은 내게 맡기라고 했을 텐데?"

"하오나……."

클리멘트 남작은 책사의 입장으로 티엘이 어떤 생각을 가지고 있는지 알고 싶어 했지만 그는 끝까지 대답을 해주지 않았다.

"…죄송합니다."

"요새에 도달하면 모두 알게 될 것이다."

차마 말을 할 수 없는 부분이었는지 티엘은 자세한 언급을 하지 않았다.

하멜 남작의 안내에 따른 원정군이 칼더빌에 도착한 것은 출발한 지 약 보름여가 지나고 나서였다.

보통 열흘 걸릴 거리를 지나치게 늦게 온 격이지만 티엘은 전혀 개의치 않고 하멜 남작을 불러들였다.

"살펴본 요새는 어떻지?"

"…세상에 저런 요새가 있을 줄 몰랐습니다."

고개를 절레절레 저은 하멜 남작은 혀를 내둘렀다.

칼더빌은 하늘을 찌를 듯 높이 치솟은 양 절벽 사이에 세워진 요새다. 성벽 높이가 오십 미터를 훌쩍 넘기며, 적을 한곳으로 막아내기에 천 명으로 능히 십만 명의 진군을 가로막을 수 있는 곳이다.

이곳을 평범한 공성전으로 점령하는 것은 불가능한 일이다. 제국이 이곳을 점령할 때 입은 피해가 십만이 훌쩍 넘었는데, 요새를 함락한 결정적인 사건은 병사들의 공격이 아니라 세 개의 마법병단이 일제히 화력을 집중하여 성벽 일부분을 부수는 데 성공해서였다.

제국의 마법병단이 다섯 부대로 운용되었으니 당시 제국의 마법 전력 절반 이상이 이곳 칼더빌에 집중되었다고 봐도 무방했다.

"돌아가기에는 너무 먼 거리지."

"예, 돌아간다 한들 그곳에도 요새가 자리하고 있습니다."

칼더빌의 절벽을 돌아 이동하면 약 이십여 일을 더 소모해야 하는데, 그곳을 돌아간다고 한들 요새가 자리하고 있어 시간 낭비였다.

무엇보다 그곳까지 갈 식량도 없었다.

"재미있군."

경탄을 금치 못하는 모습을 보며 티엘은 피식 웃었다.

그리고 눈앞의 칼더빌 요새를 보며 눈을 빛냈다.

보는 이로 하여금 아득함을 느끼게 만드는 거대한 성벽은 사람을 압도하고도 남음이었다.

이 정도로 거대한 성벽을 세운 인간이란 종족이 새삼 대단하게 느껴지면서 저곳을 지키며 세상을 향한 야망을 숨겨온 위클린 공작에 대한 분노가 조용히 퍼져 나갔다.

"과거, 과거라……."

오랜만에 느껴보는 감정에 티엘은 눈을 감으며 조용히 감정을 다스렸다.

위클린 공작가는 그에게 있어 여러 가지 의미를 주는 가문이다.

황족이라는 것은 미뤄두더라도 전생에 로운 후작가를 집어 삼킨 것이 바로 위클린 공작가였다. 그들은 당시 가문 내에 전횡을 일삼던 아돌프 자작과 아스발도 남작을 매수했고, 가문을 무력화 시킨 뒤 무혈입성을 하여 헤인조 지방을 집어 삼켰다.

당시 자신은 검에 미쳐 있었고 가문을 돌볼 책임도, 생각도 존재하지 않았다. 제법 후한 위클린 공작의 조건을 받아들이고 가족들에게 재산을 양도한 뒤 자신은 수련에 빠져들었으니까.

그것이 훗날 비극을 야기했고, 자신은 장단에 맞춰 논 허수아비에 지나지 않았다는 걸 깨닫게 되면서 많은 생각을 하게 되었다.

가문을 거대하게 만들고, 이름을 널리 떨쳤지만 당시 자신을 무시하듯 바라보던 위클린 공작의 모습과 아버지가 이뤄놓은 모든 걸 무너뜨린 걸 저버릴 수 없었다.

그래서 칼헤린 지방의 토벌 작전을 계획한 것이다.

후방의 안전을 도모함과 동시에 과거의, 그리고 현재의 감정을 털어내고자.

"칼더빌 요새는 내가 무너뜨린다."

"그러니까 칼더빌 요새를 일반적인 공성전으로 무너뜨리는 건… 예?"

말을 이어나가던 하멜 남작은 티엘의 말을 듣고 경악한 표정을 지었다.

지금 무슨 말을 하고 있단 말인가.

오십 미터가 넘고, 견고하기로 제국 제일을 다투는 칼더빌 요새를 무너뜨려?

"못할 것 같나?"

"그, 그야 뭐……."

"클레디오 백작도 충분히 무너뜨릴 수 있다."

"…주군, 아니, 백작 각하께서 말입니까?"

저 거대한 요새를 자신의 전 주군도 무너뜨릴 수 있다는 말에 입을 떡 벌렸다.

도저히 무너질 것 같지 않은 저곳을 어떤 힘을 발휘해야 무너뜨릴 수 있단 말인가.

"보면 알게 되겠지."

클레디오 백작의 경우 흑룡왕 카를렌스의 권능인 브레스를 사용하면 가능할 것이다.

제대로 된 브레스는 도시 하나를 소멸시킬 수 있는 위력이니까.

그럼 자신에게는?

"이번에 익혀본 힘을 사용해 보는 것도 나쁘지 않겠지."

미소를 지은 티엘이 요새 앞으로 나섰다.

칼더빌 요새의 책임을 맡은 가스필 자작은 부리부리한 눈으로 전방을 주시했다.

삼만의 군을 이끌고 칼더빌 요새에 주둔한 그는 오만에 불과한 로운 후작군을 보며 코웃음을 흘렸다.

"멍청한 녀석들이로군. 정말 저 숫자로 이곳을 넘으려 한 것인가."

단 한 번도 공성전으로 무너진 적이 없는 곳이다. 제국의 모든 역량이 집중되어야 무너질 정도로 주변 지형과 축성 기술이 절묘하게 조합된 칼더빌 요새는 무너지지 않는 천혜의 요새다.

"사령관님! 상대 진영에서 한 사람이 나오고 있습니다."

"누구지?"

"확인 중입니다. 확인 결과, 로운 후작으로 추정됩니다."

"역시 그 방법인가, 우습군. 자신만만하게 생각한 방법이 칼질이라니."

로운 후작이 고작 오만에 불과한 원정군을 이끌고 자신만만하게 진군할 때, 가스필 자작은 그가 무슨 생각을 하고 있는지 눈치채고 있었다.

마왕을 물리쳤다고 하니 그 자신 있는 검으로 성벽을 무너뜨릴 생각을 하고 있었으리라.

"하지만 로운 후작이 모르는 것이 있지."

칼더빌 요새가 진정으로 무서운 것은 가공할 축성 기술과 대마법 방어진 등이 있지만 강력한 방어력을 한순간 집중할 수 있다는 데 있다.

제국의 마법병단 세 곳이 일시에 화력을 집중했다는 것은 가히 드래곤 브레스에 필적한다는 걸 의미했다.

이는 인간이 드래곤 급의 힘을 지니지 않았다면 성벽을 뚫는 것은 불가능하다는 의미다.

특히 마법보다 면적이 적은 검이면 집중도가 높을 수 있어도 병사들이 돌파할 수 있는 면적을 뚫어내는 것은 불가능한 일이라.

아니나 다를까.

홀로 다가오는 로운 후작이 검을 뽑아 드는 모습이 눈에 들어왔다.

그리고 검을 날리고, 칼더빌의 성벽에 가로막혀 좌절하는 모습이 보이겠지.

"와라."

허공에서 푸른 불꽃에 휩싸이는 검을 보며 가스필 자작이 중얼거렸다.

느릿한 걸음으로 성벽에 다가가는 티엘의 기색은 태연했다.

날카로운 눈으로 주변을 훑은 그는 새삼 칼더빌 요새의 성벽이 얼마나 높은지 체감할 수 있었다.

"한 번 무너졌다고 하는데 다시 세우다니, 참 대단하단 말이지."

오십 미터에 달하는 성벽을 쌓으려면 얼마나 많은 자재가 필요할까.

새삼 그 성벽을 쌓을 당시 일어났을 출혈을 생각하면 자신이 쓸데없는 생각을 하고 있다는 걸 느낄 수 있었다.

"한번 해볼까."

칼더빌 요새로 진군한 것은 별다른 이유가 있어서가 아니다.

칼헤린 지방의 관문이며, 인간의 몸으로 극복이 불가능하다고 알려진 이곳을 정복하기 위함이다.

스르릉.

부드럽게 뽑히며 손에 착 감기는 감촉이 기분 좋게 만들었다. 푸른 오러에 휩싸이며 강렬한 불꽃을 일으키자, 가볍게 허공에 띄웠다.

"처음은 가볍게."

쐐액!

티엘이 펼친 오러 파이어는 즉시 성벽을 향해 쇄도했다. 주변의 모든 이목을 집중시킨 한 자루의 검이 성벽과 충돌을 일으켰다.

꽈아아앙!

강렬한 폭음이었다. 요새를 지키는 이들도, 멀리서 지켜보는 병사들도 모두 느껴질 만큼 강렬한 폭음이었다.

와아아아!

뒤이어 터져 나오는 함성 소리.

그것은 칼더빌 요새를 지키는 병사들에게서 터져 나온 것이다.

그의 오러 파이어는 성벽을 부수지 못했다.

아니, 아무런 흠집도 내지 못한 채 성벽의 견고한 마법에 가로막혀 스파크만 연이어 일으키고 있었다.

"호오."

상상 이상의 결과에 티엘이 눈을 빛냈다.

설마하니 절대강자만 시전 할 수 있는 오러 파이어를 견뎌낼 줄이야.

성벽을 무너뜨리기 힘들 거라 생각은 했지만 이건 기대 이상이다.

"재미있는데."

성벽을 부수지 못한 검이 회수되어 티엘의 검집에 꽂혔다.

그리고 반대쪽에 있던 마검 그레인츠가 절로 허공에 떠올랐다.

스르릉!

"어디 마검의 성능을 지켜볼까."

검은색 검신에 휩싸인 푸른 불꽃은 보는 것으로 하여금 위화감을 느끼게 하였다. 순식간에 허공을 격한 검이 그대로 성벽에 박혀들었다.

쩡!

이번에는 성벽을 파고드는 데 성공했다. 은은한 푸른 막이 생성되었지만 마검 그레인츠의 마성과 힘을 이겨내는 것은 불가능했다.

하지만 단지 그것뿐이었다.

마검 그레인츠의 순수한 위력으로도 칼더빌의 성벽을 부수지 못했다.

한 번 일어난 균열이 지속적인 균열을 일으키게 마련이지만 마검 그레인츠가 만들어낸 흠은 아주 작은 것에 불과했다.

다시 한 번 성벽 위에서 함성이 터져 나오고, 티엘의 입가에 미소가 걸렸다.

"기대 이상인데, 좋아, 아주 좋아."

그것은 진심이었다.

연이어 성벽을 꿰뚫는 데 실패했지만 이 정도 견고함은 처음 겪어보는 것이다.

그래서 좋았다.

자신이 전력을 나해 힘을 발휘할 수 있을 테니까.

마검 그레인츠를 회수한 티엘은 조용히 검을 들었다. 강렬하게 타오르던 푸른 불꽃이 조금씩 사그라들더니 검신에 맑은 푸른 오러가 맺히기 시작했다.

그것도 잠시, 조금씩 양을 늘려 나가던 힘은 흘러넘치기 무섭게 다시 응축되고, 반복 과정을 거쳐 점점 맑은 투명한 빛을 만들어냈다.

극도의 응집.

거대한 힘이 그레인츠에 맺힐수록 검신이 가늘게 떨리기 시작했다. 감히 담아내기 힘든 거대한 힘이 수용되는 순간, 마검에 깃든 마성이 자칫 자신이 소멸할 수 있음을 깨닫고 두려움에 휩싸인 것이다.

"아직, 아직이다. 이 정도로 두려워하면 마검이란 이름이 아깝지, 안 그래?"

다독이듯 중얼거리니 마검의 떨림이 조금씩 멎어들기 시

작했다.

그리고 다시 한 번 힘의 응축이 펼쳐지고, 검신이 눈에 띄게 떨릴 때, 티엘이 위에서 아래로 한 번 내리그었다.

쐬아아악!

대기가 쓸려 나간다는 표현이 옳을까.

검에서 분출된 푸른 오러는 길쭉한 막대기 모양으로 뿜어져 성벽으로 쇄도했는데, 그 길이는 무려 십여 미터에 이르렀다.

특별할 것 없는 평범한 모양이었지만 기운에 민감한 자라면 느낄 수 있었다.

저 기운은 위험하다.

일찍이 겪어보지 못한 강렬한 파괴의 기운이 깃들어 있다.

과연 막아낼 수 있을까.

수많은 생각이 교차하는 사이, 가스필 자작의 명령에 따라 칼더빌 요새의 방어력이 일제히 한곳을 향해 집중되기 시작했다.

사아앗!

공격과 방어.

모든 것을 꿰뚫는 파괴의 기운과, 모든 것을 막아내는 방어막이 허공에서 교차했다.

그리고 일찍이 볼 수 없었던 거대한 폭발이 주변을 휩쓸었다.

꽈아아— 아아앙!

거대한 충돌 뒤 벌어진 것은 한 편의 재앙이었다.

오십 미터가 넘는 성벽의 기운이 한곳에 응집되어 티엘의 공격이 부서지는 순간, 성벽은 오러에 두부처럼 으깨지며 무너져 내렸다.

끄아악!

살려줘!

오십 미터가 넘는 성벽이 무너지는 충격은 커다란 것이었다. 곳곳에서 병사들의 비명 소리가 울려 퍼지면서 아비규환의 참상이 벌어졌다.

와아아아!

반대로 로운 후작군 진영에서는 함성이 터져 나왔다.

저 거대한 성벽마저도 무너뜨리는 티엘의 압도적인 신위에 그들은 용기백배하며 함성을 지르고 또 질렀다.

그러나 정작 당사자인 티엘은 쓴웃음을 지은 채 고개를 젓고 있었다.

"공성전에서나 쓸 법한 사치스러운 기술이로군."

소모되는 마나량을 고려할 때 실전에서 전혀 쓸 수 없는 기술이었다.

오러 브레스(Aura Breath).

드래곤의 브레스를 흉내 내어 만든 이 기술은 극도의 응축을 통해 오러가 발휘할 수 있는 최강의 위력을 살려낸 비기였다.

하지만 비기라기에는 마나 소모량부터 시작하여 시전 시간이 너무 오래 걸렸다.

“확실하게 기선 제압은 되었으니, 다시 한 번 매김을 해줄까.”

나직한 중얼거림과 함께 티엘의 검, 그레인츠에 오러가 응축되기 시작했다.

그것은 적군에게 재앙이었다.

꽈르릉! 꽈과광!

다시 한 번 성벽이 무너졌다. 병사들의 비명과 성벽이 무너지는 요란한 폭음이 맞물리며 인세의 지옥을 방불케 하였다.

“후퇴하셔야 합니다, 사령관님! 어서 결단을!”

“…….”

그 광경을 바라보는 가스필 자작의 입이 굳게 닫혔다. 눈으로 보고 있는 지금 상황이 도저히 믿을 수 없던 것이다.

압도적인 힘 앞에 무너지고 있는 것이 칼더빌인지 그는 현실을 구분하는 것이 무의미해졌다.

대체 이게 어찌 된 일이란 말인가.

오십 미터가 넘는 성벽이… 허무하게 무너지고 있었다.

저 멀리 검을 들고 오러를 응축하고 있는 티엘의 모습은 공포 그 자체였다.

그가 검을 내리그을 때면 십 미터가 넘는 길이로 생성된 힘이 곧장 성벽을 찢어발겼다.

대마법 방어진을 동원해도 막을 수 없고, 성벽의 견고함도 버텨내지 못했다.

칼더빌에 대한 자부심이 대단한 만큼 병사들의 사기는 바닥을 향해 기고 있었다. 그중 가장 큰 충격을 받은 것은 바로 가스필 자작이다.

"사령관님!"

"…후퇴한다. 칼더빌을 버리고 물러나라."

"예!"

연이은 부관의 재촉에 가스필 자작도 결정을 내렸다. 그리고 차례대로 칼더빌을 빠져나가면서 뒤에 존재하는 요새로 후퇴를 감행했다.

"만약 저 힘을 자유자재로 이용할 수 있으면……."

이번 전쟁에는 승산이 없다.

가스필 자작은 온몸에 소름이 돋는 것을 느꼈다.

대승!

티엘의 압도적인 무위 아래 적의 저항은 무의미했다.

오러 브레스로 이름 붙인 기술은 천혜의 요새라며 이름을 드높이던 칼더빌을 무너뜨렸다. 압도적인 그의 힘은 모두의 두려움을 사기에 충분했다.

특히 칼헤린 지방의 귀족들이 느낀 두려움은 더욱 컸다.

그의 목표가 된 이상 압도적인 힘을 지닌 티엘과 정면으로 맞서야 한다는 생각이 들었으니 말이다.

칼더빌을 점령하고 진군 속도를 높일 거라 생각되던 로운 후작군은 요새를 정비하며 시간을 보내고 있었다. 홀로 남은 티엘은 요새가 무너질 당시 자신의 마음속에 사라지던 응어리를 생각하며 피식 웃었다.

"…허망하군."

위클린 공작가에 대한 적대감은 여전했다.

하지만 성벽이 무너지고, 칼더빌의 높은 이름도 무너지는 것을 본 순간, 자신의 모든 행동이 허망하게 여겨졌다.

전생에 그토록 강대한 힘을 발휘한 위클린 공작가도 지금 자신의 무위 아래 아무런 저항도 하지 못한다.

이런 그를 위협이 된다는 이유로 제거해야 할까?

그 생각에는 변화가 없었지만 전처럼 격렬하고 강렬하지 못했다.

"일을 벌인 이상 물러날 생각은 없으니."

내심 마음의 결심을 굳힐 때, 안에서 인기척이 느껴졌다.

"주군, 클리멘트 남작입니다."

"들어오도록."

허락이 떨어지기 무섭게 클리멘트 남작이 안으로 들어왔다. 고개를 숙여 예를 취한 그는 티엘에게 보고를 했다.

"주군의 압도적인 무위로 피해가 전무합니다. 칼더빌 요새를 이렇게 수월히 넘을 줄 몰랐습니다."

"공치사는 되었고, 무슨 일로 왔지?"

"요새의 정비는 후발 주자에게 맡기고 진군을 해도 좋을 것 같아 찾아오게 되었습니다. 가장 큰 걸림돌인 칼더빌을 넘은 이상, 적들이 대응할 방안은 많지 않습니다."

칼헤린 지방으로 완전히 진입하기 위해서는 몇 개의 요새를 더 넘어야 했다.

그것이 질리게 만들기 충분했지만, 오러 브레스로 요새를 무너뜨린 티엘이 앞장 서는 순간, 저들의 견고한 요새도 큰 위력을 발휘하기 힘들다.

"빠른 진군을 원하는 건가?"

"예! 처음 목적처럼 위클린 공작을 사로잡기 위해서는 빠른 움직임이 필요합니다."

"좋다, 받아들인다."

감정은 희미해졌어도 위클린 공작이 위험한 인물이라는

것은 바뀌지 않는다.

티엘은 확실하게 제거하겠다는 마음을 가지고 진군을 명령했다.

로운 후작군은 거침없이 칼헤린 지방을 향해 진군을 시작했다.

제8장

진군 또 진군

무혈입성!

칼헤린 지방의 요새를 무너뜨리며 승승장구하는 로운 후작군의 행보였다.

티엘의 압도적인 무위에 무너진 요새는 어떠한 역할도 하지 못한 채 시간을 끄는 것이 고작이었다.

수비 임무를 맡은 가스필 자작은 매복 작전과 교란을 통해 로운 후작군의 진군 속도를 늦춰보려고 했지만 먹혀들지 않았다. 오히려 거센 진군과 압도적인 무력 아래 번번이 패퇴하기 일쑤였다.

그 과정에서 선봉 부대인 하멜 남작의 눈부신 성과가 눈에 들어왔지만 요새에 웅크리고 있을 때면 힘을 발휘하는 티엘 앞에 모두가 무력했다.

쾅!

"방법을 찾으라는 말이다!"

위클린 공작은 그답지 않게 목소리를 높이며 가신들에게 방법을 요구했다.

개인의 무위를 앞세워 요새를 함락시키는 티엘의 행동은 험한 지형에 의지하여 방어하는 위클린 공작에게 재앙과 같았다.

로운 후작군의 진군 속도는 빠르지 않았지만 요새가 함락되는 속도는 여태껏 침공해온 원정군과는 비교가 되지 않을 지경이었다.

대체 그들을 무슨 수로 막는단 말인가.

아무리 머리를 굴려보아도 뚜렷한 방안이 떠오르지 않았다.

"방법이 없는가, 헤수스 남작?"

"…최선의 방법을 찾고 있으나 마땅한 방안을 찾을 수 없습니다. 죄송합니다, 주군."

"……."

믿고 있던 헤수스 남작의 부정적인 말에 위클린 공작은 고개를 절레절레 저었다.

그의 말이 당연하다는 것을 모를 그가 아니었다. 가신들에게 화를 낸 것도 방법을 찾아내라는 뜻보다는 얼이 빠진 채로 조용히 지켜보고 있지 말라는 의미였다.

"현재 방어선은?"

"멘투스입니다."

"한마디로 적이 다 뚫고 왔다는 뜻이군."

칼헤린 지방으로 진입하기 위해서는 여섯 개의 요새를 뚫어야 하고, 이곳을 모두 돌파하면 본격적으로 풍요로운 대지로 입성하게 된다.

그중 최종 관문이 바로 멘투스다.

이곳 역시 천혜의 요새라 불리기 부족함이 없었지만 칼더빌을 아무런 피해 없이 무너뜨린 티엘의 무위라면 멘투스 또한 같은 처지로 전락할 것이다.

"이런 미친 방법이 있을 줄은."

워낙 점잖을 떨어 욕을 하지 않던 위클린 공작이 속에서 치미는 것을 참아내지 못했다. 그 모습을 지켜보던 헤수스 남작도 고개를 절레절레 저었다.

자신 또한 머리를 굴려 적의 원정군을 막아낼 방법을 고려하고 있지만 뚜렷한 방법이 없었다.

적의 진군은 그야말로 단순무식 그 자체.

그런데 문제는 막아낼 수 없는 데 있었다.

"주군, 이렇게 된 이상 한 가지 방법밖에 없습니다."

"뭐지?"

"멘투스마저 버텨내지 못하면 적을 최대한 깊숙이 끌어들이는 것입니다. 그리고 보급선을 길게 만들고 군을 동원하여 고립시키면 로운 후작이 대단하다고 해도 얼마 버텨내지 못할 것입니다."

"…그 방법밖에 없는 건가?"

"예, 그들의 발길이 닿는 곳의 식량을 불살라 버리고, 훨씬 많은 군의 숫자를 활용하여 각개격파를 유도해야 합니다. 지금은 이 방법밖에 없습니다."

멘투스가 돌파당하면 그다음은 허허벌판이다. 로운 후작군이 마음껏 날뛸 수 있는 대지가 펼쳐지지만 병사의 숫자가 부족한 만큼 사방에서 포위망을 구축하여 괴롭히는 게 가능해진다.

가장 이상적인 것은 퇴로를 끊어 보급로를 차단하고 적이 지나가는 곳의 식량을 불살라 버려 고사하게 만드는 작전이다.

단순무식하지만 원정군에게 치명적이다.

"로운 후작을 사로잡거나 죽이는 것이 불가능한 이상, 최대한 그가 원하는 상황을 피함으로써 훗날을 기약하셔야 합니다."

차분한 헤수스 남작의 설득이 무엇을 의미하는지 모를 위클린 공작이 아니었다.

"그 의견을 받아들인다."

그에게는 다른 방법이 없었다.

연이은 요새 돌파는 티엘의 개인 무위가 발휘되어 만들어진 전공이었고, 전투라고는 산속에서 벌어진 산발적인 전투가 전부였다.

"병사들의 상태는?"

"멀쩡합니다. 이렇게 순조로운 원정이 없다 보니 모두 힘이 넘칩니다."

"나쁘지 않군."

"멘투스만 돌파하면 본격적인 칼헤린 지방이 펼쳐집니다."

신이 주신 축복이라는 칼헤린 지방을 돌파하게 되는 것이다.

티엘은 다소 들떠 있는 클리멘트 남작을 바라보다 물었다.

"그럼 멘투스만 돌파하면 우리가 원하는 판이 만들어지겠군."

"그렇습니다."

"병사들의 체력을 최대한 보전시키도록. 우리의 목표는 멘투가 무너진 뒤, 빠른 진격으로 단숨에 위클린 공작을 사로잡는 것이다. 장기전이 무리라는 걸 잘 알고 있겠지?"

"…예."

요새 곳곳에서 보급품을 충당했지만 가스필 자작도 마냥 멍청하지만은 않았다. 그는 칼더빌의 경험을 비탕으로 나른 요새에서는 보급품 하나 남기지 않고 시간을 지연시키는 전술로 최대한 식량이 소모되게끔 유도하고 있었다.

아직 부족하다고 할 만큼은 아니지만 전쟁이 장기전으로 치닫게 되면 어찌 될지 모른다. 클리멘트 남작도 알고 있는 사안이지만 주의를 시킨 것이다.

"가스필 자작이라는 녀석이 제법 거슬리는군."

"노련한 수성 전문가입니다. 그가 버티는 한, 마음 편히 활개 치기 힘들 것입니다."

"그럼 간단하군."

"예? 무슨 말씀이신지."

"제거하면 되지 않나."

"……."

마치 앞마당을 산책하는 것처럼 간단하게 내뱉는 말에 클리멘트 남작은 할 말을 잃고 말았다.

멘투스를 함락하기 위해 나선 과정 또한 이전과 동일하였다.

티엘은 높은 성벽이 솟은 멘투스의 성벽을 바라보다가 검을 뽑아 들었다. 마검 그레인츠가 손에 들린 것을 보며 성벽 위에 서 있는 위클린 공작군의 두려운 목소리가 사방에 울려 퍼졌다.

이번에도 오러 브레스로 성벽을 부숴 버릴 거라 생각했는지 곳곳에서 불안감이 느껴졌다.

"로운 후작!"

가스필 자작은 이를 갈면서 검을 뽑아 드는 로운 후작을 바라보았다.

성벽 위에 서서 지켜보기만 할 뿐인 자신의 무력함이 부끄러웠다. 그리고 혼자서 전황을 바꿔 버릴 수 있는 티엘에 대한 두려움이 생겨났다.

인간이 저렇게 강할 수 있는 것일까.

어떻게 로운 후작을 감당해야 할지 머릿속이 뒤죽박죽이 되었다.

"사령관님! 로운 후작의 행동이 전과 다릅니다."

부관의 보고에 가스필 자작이 퍼뜩 정신을 차렸다. 그리고 그의 검이 이전과 동일하게 투명한 오러가 생성된 것이 아니라 강렬한 불꽃이 피어나더니 그대로 허공에 떠오른 것이 눈에 들어왔다. 그리고 그다음 펼쳐진 광경을 보고 헛바람을 집어삼켰다.

"헛!"

"피하십시오!"

날아든 검은 그대로 성벽에 쇄도한 것이 아니라 가스필 자작을 덮친 것이다!

주변에서 비명이 터져 나오며 가스필 자작을 겹겹이 호위했다.

그 또한 검을 뽑아 들며 외쳤다.

"내가 막을 것이다! 자리를 이탈하지 마라!"

검을 뽑아 든 가스필 자작의 검에 푸른 오러가 피어났다. 그리고 생성한 오러 블레이드로 쇄도하는 티엘의 검을 후려쳤다.

쩌엉!

거센 폭음과 함께 손아귀에서 아릿한 통증이 번져 나갔다. 마스터의 칭호를 수여받았지만 절대강자가 펼쳐내는 단 한 수에 힘의 우위가 판가름 난 것이다.

이를 꽉 문 가스필 자작은 재차 달려드는 검을 막아서며 맹렬하게 검을 휘둘렀다.

쩡! 쩌엉! 쩌저적!

푸른 오러가 사방에 흩날리는 두 자루의 검은 눈부신 속도로 얽히다가 떨어졌다.

"크윽!"

하지만 그 충돌 여파를 고스란히 몸으로 뒤집어쓴 가스필 자작은 속에서 치미는 비릿한 피 맛을 참지 못하고 뱉어냈다. 그리고 달려드는 검을 막다 손아귀가 터져 나가며 피로 흥건해졌다.

서걱!

오러 블레이드가 흐릿해지는 순간, 날아든 티엘의 검이 그의 검을 잘라냈고, 그대로 쇄도했다. 목숨의 위험을 느낀 가스필 자작이 필사적으로 몸을 뒤틀었지만 완전히 피하지 못하고 왼쪽 어깨를 내줄 수밖에 없었다.

"크악!"

참을 수 없는 고통이 전신을 휘감는 순간, 찢어질 것처럼 커다란 비명이 터져 나왔다.

"사령관님!"

가스필 자작의 위험을 감지한 기사들이 목숨을 도외시하고 달려들었다. 수십 명이 몸을 날리며 가스필 자작을 후퇴시키니, 티엘은 목적을 이루기 힘들어졌음을 깨닫고 낮게 혀를 찼다.

"역시 쉽지 않나."

수성 전문가라더니 상황 판단이 재빨랐다. 오기를 부리지 않고 목숨을 보전하는 행동에 무리라는 생각이 머릿속을 스쳤다.

티엘은 더 미련을 두지 않고 오러 브레스로 멘투스의 성벽을 무너뜨렸다. 총사령관인 가스필 자작이 부상을 입어서인지 후퇴하는 과정이 신속하지 못했다.

"적을 제압하도록."

"모두 공격하라!"

와아아아!

함성을 내지른 로운 후작군이 무너진 멘투스 성벽을 넘고 위클린 공작군을 유린했다.

연이은 여섯 개의 요새 돌파 소식은 제국을 들썩이게 만들었다.

로운 후작의 칼헤린 지방 원정!

이것이 무엇을 의미하는지 모를 이들은 없었다.

하지만 제국 곳곳이 혼란의 소용돌이에 빠져 있었다.

히드로 2세의 위협에 황도를 잃은 레디븐 백작은 영지의 군을 끌어모으고 세이주 지방을 안정시키기 바빴다. 통제에서 벗어난 라이오너 후작령은 레디븐 백작과 히드로 2세 사이에서 위험한 줄타기를 하고 있었다.

중앙 권력을 장악한 히드로 2세는 조금씩 역량을 회복해

나가며 강력한 권력을 행사했다.

하나로 응집된 중부의 힘은 막강했다. 하지만 숙청 과정에서 발생한 여러 가지 문제는 그로 하여금 바로 움직이지 못하게 만들었다.

"이 음식 괜찮지 않습니까? 제국 북부 일부 지역에서만 맛볼 수 있는 음식입니다."

할 일이 산적해 있었지만 히드로 2세는 일주일에 한두 번 꼴로 로즈를 초대하여 식사 자리를 갖고는 했다. 너무 무리하게 매달리지도 않고, 놓아주지도 않으며 꾸준하게 공을 들였다.

하지만 그러한 행동으로 로즈가 흔들릴 리 없었다. 고개를 저은 그녀가 차분하게 히드로 2세의 호의를 거부했다.

"제 입맛에는 맞지 않네요."

"이런, 누님의 입맛을 고려하지 못했나 봅니다."

"그게 아니라, 폐하께서 보여주시는 이런 행동은 제 마음을 돌릴 수 없다는 말을 전하고 싶어요."

"…같이 식사를 즐기는 것도 힘들다는 겁니까?"

"그건 아니지만 폐하의 마음이 부담스러워요."

그에게 다른 목적이 존재하고, 노골적인 태도를 보이니 로즈로서는 그럴 수밖에 없었다.

한숨을 푹 내쉰 히드로 2세가 속마음을 꺼내 들었다.

"일 년간 제게 시간을 주기로 하지 않았습니까? 그동안 기울일 노력을 지켜봐 주는 것도 어렵습니까. 로운 후작은 칼헤린 지방에 가 있습니다."

"……."

[역시 남자를 대하는 게 자연스럽지 못해요. 그럴 때는 상처를 입히지 말고 부드럽게 거절을 했어야죠.]

율리아의 티박에 로즈는 고개를 저었다. 이렇게 복잡한 연애에 시간을 소비하기보다는 좀 더 수련에 매진하고 싶은 게 솔직한 마음이다.

일 년간의 시간이란 것도 티엘을 찾아가기 위한 기간 한정이었다. 당장 찾아가고 싶었지만 그는 칼헤린 지방으로 원정을 떠났고, 돌아오기까지 얼마의 시간이 걸릴지 몰랐다. 그 말을 내뱉은 자신의 경솔한 행동이 못내 후회가 되는 로즈였다.

"그저 곁에 있어 주기만 하면 됩니다. 많은 것을 원하는 게 아닙니다."

"…네."

제국의 위대한 지배자인 그의 간절한 목소리에 그녀는 고개를 끄덕일 수밖에 없었다.

애절한 구애를 거절했다고 하나 그는 사촌동생이자, 제국의 지배자였다. 자존심을 상하게 만드는 일은 가급적 하고 싶지 않았다.

묵묵히 식사를 즐기는 로즈를 보며 히드로 2세의 마음은 복잡했다.

아무리 공을 들여도 그녀의 마음은 흔들릴 기미가 보이지 않았다.

일 년이라는 시간은 길지만 굳건한 여인의 마음을 돌려놓기에는 부족했다.

그래서 히드로 2세로 하여금 조급하게 만들었다. 좀 더 강하게 그녀를 갈망하는 눈빛을 보냈지만 세상의 모든 것이 쉽지 않았다.

'로운 후작, 그대는 끝까지 내 앞을 가로막는 것이냐.'

로즈의 마음을 돌리는 방법이 있다면 한 가지뿐이다.

바로 로운 후작의 죽음.

죽음만이 그녀의 마음을 단념하게 만들 수 있을 거란 생각이 머릿속을 스치자 히드로 2세가 멈칫했다.

그리고 그의 눈에 위험한 빛이 감돌기 시작했다.

멘투스 요새를 돌파한 티엘은 넉넉한 양의 식량을 얻을 수 있었다.

로운 후작군이 칼더빌 요새에 도착할 당시 여유의 식량은 약 한 달분이었다. 그리고 멘투스 요새까지 이동하는 데 걸린 시간은 보름여였다.

그 말은 남은 식량이 보름치밖에 되지 않았다는 걸 의미했다. 클리멘트 남작은 겉으로 내색하지 않았지만 식량 문제로 여러 모로 머릿속이 복잡했다. 하지만 그것도 멘투스의 함락으로 말끔하게 해결할 수 있었다.

"내일부터 진군을 시작할 것이다."

"주군, 저는 솔직히 이 작전의 위험성이 너무 많다고 생각됩니다."

이미 굳어진 티엘의 생각은 절대 바뀌지 않는다. 그것은 가신들이 가장 먼저 고려해야 할 절대적인 명제였다. 이를 클리멘트 남작도 모르지 않았지만 짚고 넘어갈 수밖에 없었다.

왜냐하면 지금 그의 작전은 너무나 위험했기에.

자칫 어그러지기라도 하면 오만의 원정군이 고립되는 것은 물론, 티엘의 안전조차 장담할 수 없었다.

"알고 있다, 클리멘트 남작."

"최대한 속도전이라는 것은 맞는 말씀이나, 위험도가 너무 높습니다. 주군, 다시 한 번 재고해 주실 수 없습니까?"

티엘이 선택한 작전은 바로 칼헤린 지방의 중심부, 위클린 공작령을 공격하는 것이다.

칼헤린 지방 중부에 위치한 위클린 공작령을 점령하고 위클린 공작을 사로잡으면 소기의 목적을 달성하는 셈이지만 용의주도한 그의 성격을 감안할 때 실패 가능성이 더 높았다.

만약 그를 잡지 못하고 적에게 포위되면?

그다음은 원정군에게 악몽이 될 것이다.

칼헤린 지방이 동원할 수 있는 병사의 숫자는 약 삼십만이다.

오만의 원정군이 감당하기에는 지리적으로도, 수적으로도 비교가 되지 않았다.

성공 가능성보다 실패 가능성이 더 높은 작전에 이런 위험을 감수하기 힘들었다.

"불가."

"…다른 복안이라도 있으십니까?"

"없다."

"……."

너무나 당당히 대답하는 모습에 클리멘트 남작은 할 말을 잃고 말았다.

"내가 만용을 부리는 것처럼 보이나, 클리멘트 남작?"

"곧 죽어도 할 말은 해야 할 것 같습니다. 제 눈에는 그렇습니다, 주군."

"그렇군, 그대의 눈에도 그렇게 보이는군."

실각될 것을 각오하고 한 대답이었지만 돌아온 것은 티엘의 웃음이었다.

대체 이게 무슨 상황이란 말인가?

어안이 벙벙한 그의 귓가로 티엘의 목소리가 들려왔다.

"그대가 그렇게 생각한다면 위클린 공작의 머리도 이 방법은 생각지 못하겠군."

"위클린 공작의 머리라면 헤수스 남작, 아!"

그제야 티엘이 무슨 생각을 하고 있는지 깨달은 클리멘트 남작이 나직이 탄성을 터뜨렸다.

그는 지금 상상 이상으로 위험한 작전을 계획하고 있었다.

감탄 섞인 시선에 입 꼬리를 말아 올린 티엘이 중얼거렸다.

"머리 좋은 녀석들은 모두 제 머리로 상황을 재단하려고 하지. 특히 무리를 많이 하는 작전의 경우 제외시키는 경우가 많고. 내가 계획한 것이 그 틈을 파고들고 적의 심장을 치는 것이다."

작은 중얼거림이지만 티엘의 눈이 강렬한 빛을 뿌리고 있었다.

다음 날, 오만의 원정군은 멘투스의 보급품을 모조리 들고 이동을 시작했다.

여태까지 힘을 축적한 원정군의 진군 속도는 상상을 초월했다.

험난한 산길을 걷던 그들은 평평한 대지를 이동하게 되자

무척 빠른 속도로 칼헤린 지방을 가로지를 수 있었다.

사흘이 지나고, 멘투스가 텅 빈 상태로 로운 후작군이 위클린 공작령으로 진군하고 있다는 소식이 전해지자 그야말로 난리가 났다.

그 짧은 시간 동안 이동한 거리가 상상을 초월했던 것이다.

"저놈들은……."

"주군, 진정하셔야 합니다."

"지금 진정할 수 있다고 보나? 저들의 목표가 무엇인지 명확한데!"

위클린 공작의 얼굴에는 전에 볼 수 없었던 다급함이 서려 있었다.

곧바로 위클린 공작령으로 향하는 진군에서 저들의 목적이 무엇인지 알아차릴 수 있었다.

바로 자신의 목이다.

절대강자이자, 마왕조차 물리친 용사가 자신의 목을 노린다면 과연 무사할 수 있을까.

위클린 공작은 저도 모르게 목을 한 번 쓰다듬고 조용히 숨을 골랐다. 사흘 동안 지척에 접근한 이상, 후퇴라는 단어는 염두에 둘 수도 없었다.

"가스필 자작의 몸은 어떻지?"

"응급 처치를 마치고 회복 중입니다. 자작님을 부르실 생각입니까?"

"수성전에는 그만한 인재가 없으니까. 로운 후작과 제대로 대면할 수 있을지는 모르겠군."

성 밖에서 검을 조종하여 적의 사령관을 죽이려 들다니. 절대강자의 오러 파이어가 무섭다는 말은 들었지만 이것은 상상 이상이었다.

"수성에 임하면 승산이 어느 정도 있다고 보지?"

"…성벽을 무너뜨린 신위를 감안하면 가능성이 낮습니다."

"군을 모두 동원하면?"

"진군 속도를 늦출 수 있지만 그것뿐입니다. 주군께서 무사히 자리를 피한 뒤, 모습을 드러내지 않으셔야 합니다."

"……."

하는 말마다 도망치라느니, 숨으라는 말만 하니 위클린 공작의 표정이 처참하게 구겨졌다.

그의 심정을 헤수스 남작도 짐작했지만 영리한 머리로도 방법을 찾아낼 수 없었다.

"죄송합니다, 주군. 무능한 신을 꾸짖어주십시오. 하지만 현재 상황으로서는 몸을 피한 뒤, 장기전으로 임하셔야 합니다."

"내가 그동안 가꿔온 터전을 버리고 숨으라는 말을 납득하기 힘든 것이 사실이다. 하지만 더 분노하는 건 아무것도 할 수 없는 내 모습이 한심해서다."

칼헤린 지방은 위클린 공작이 평생을 바쳐 이룩해 온 모든 것이다.

이곳을 바탕으로 제국의 패권을 노리고자 했고, 축적된 힘이라면 능히 야망을 이룰 수 있으리라 생각했다.

하지만 이 모든 것이 한 사람의 존재로 무너진다고 생각하니 가슴이 용납하질 못했다.

"지금이라도 전군 동원령을 내려 로운 후작을 압박하도록. 몸을 피할 것이다."

"…예."

올바른 판단을 내렸지만 차마 이것을 현명하다고 할 수도 없어 헤수스 남작은 굳은 표정으로 고개를 강하게 끄덕였다.

사흘간 강행군을 펼쳐 위클린 공작령으로 들어선 티엘은 약간 속도를 늦췄지만 여전히 빠른 속도로 목표를 향해 진군하고 있었다. 그리고 적의 눈에 포착되기 무섭게 각지에서 보고가 빗발쳤다.

"주군! 사방에서 적이 몰려들고 있습니다."

"북동부에서 오천! 남부에서 이만오천 가량의 적군이 발견되었습니다."

"상관없다."

"서부에서 삼만! 동남부에서 만오천입니다."

위클린 공작의 총동원령에 칼헤린 지방 영주들이 군을 이끌고 모여들기 시작했다.

그 숫자는 각기 달랐지만 위클린 공작가를 이틀가량 남겨두었을 무렵에는 십만에 달하는 숫자가 포위망을 구축한 상황이었다.

염려하던 상황이 펼쳐지자 클리멘트 남작은 안절부절못했지만 태연하기 그지없는 티엘의 모습을 보며 한숨을 푹 내쉬었다. 적에게 포위되고도 여유를 부릴 수 있는 사람은 그밖에 없을 것이다.

'아니, 클레디오 백작님도 여유를 부릴 수 있겠군.'

둘의 공통점은 검에 미쳐 있다는 점이며, 정상적인 인간의 사고로 판단할 수 없다는 데 있다.

새삼 자신의 주군이 얼마나 난해한 인간인지 깨달은 클리멘트 남작은 한 가지 진리를 발견할 수 있었다.

바로 포기하면 편하다는 것.

자신의 능력을 필요로 하는 것은 사실이지만 그것이 전적이라는 게 아니라는 걸 알고 있으니 포기하면 마음이 편해지는 건 사실이다.

그래도 좀 더 낫게 상황을 이끌 수 있는데 하는 아쉬움이 생기는 것은 어쩔 수 없었다.

"그동안 강행군을 펼쳤으니 이틀 동안 휴식을 취한다."

마침내 위클린 공작가를 앞에 둔 티엘은 표정 하나 바꾸지 않고 전군에 휴식을 명령했다.

이미 후방에 십만의 군을 두고, 전방에 오만의 군이 수성을 준비하고 있었지만 티엘의 표정 어디에도 패배란 단어를 찾아볼 수 없었다.

"클리멘트 남작."

"예, 주군!"

"그대의 말이 옳았다."

"그럼……!"

드디어 자신의 말을 인정해 준 티엘의 행동에 클리멘트 남작의 표정이 밝아졌다. 늦어도 한참 늦었지만 이제 정신을 차렸으니 여러 가지 방안을 모색할 수 있다. 티엘의 압도적인 무위라면 느슨한 연합 형태인 후방의 십만 대군을 와해시키는 것은 어렵지 않은 일이다. 그리고 확실하게 보급로를 확보하고 공략을 하면 좀 더 안전하게 작전을 이어나갈 수 있으리라.

짧은 순간 자신이 할 말을 정리하고 말을 하려던 그는 이어진 티엘의 말에 입을 다물었다.

"많이도 모여들었군. 이틀 뒤 총공격을 펼쳐 모두 전멸시킨다."

"……."

자신의 생각이 틀렸다는 걸 깨닫게 된 그였다.

제9장

또 다른 진실

위클린 공작가를 함락시키기 위해 티엘이 고집한 작전은 하나였다.

바로 정면 돌파.

압도적인 힘을 바탕으로 무너뜨려 적들에게 상대할 용기를 앗아가겠다는 것이 그의 작전이었다.

실로 무모했지만 여태까지 보여준 실력이라면 충분히 가능했다.

그래서 클리멘트 남작도 반대할지언정 결사적으로 하지는 못한 것이다.

하지만 그것 하나만으로 거대한 칼헤린 지방과 위클린 공작가를 무너뜨리는 것은 불가능했다.

결국 자잘한 일들은 클리멘트 남작이 처리해야 한다는 뜻이었다.

이번에 정면으로 충돌할 경우 자신들이 승리할 가능성이 높았다.

하지만 후방에 있는 십만 대군과 칼헤린 지방 곳곳에 퍼져 있는 군대는 틀림없이 부담으로 작용할 터였다.

클리멘트 남작은 책사로서 그 부분까지 염두에 두어야 했다.

"주군, 만약 위클린 공작이 도망치시면 어떻게 하실 겁니까."

"쫓아야지."

"작정하고 숨는다면?"

"추적을 포기한다. 그리고 위클린 공작가를 철저하게 망가뜨린다."

티엘은 '가급적' 위클린 공작을 생포하고 제거하고 싶어 했지, 반드시라는 의지는 없었다.

칼헤린 지방의 힘을 약화시켜 후환의 싹을 제거하려는 생각이었다.

"확실히 일리가 있습니다. 주군께서 염두에 두신 건 위클린 공작의 약화로군요."

"수십 년 동안 군림해온 위클린 공작이 사라지면 칼헤린 지방은 어떻게 될까? 이 거대한 곳을 지배하고 싶은 욕심이 없는 자가 있을까. 그 작았던 우리 가문에도 간신들이 횡행했는데."

"……."

마치 남의 일처럼 아무렇지 않게 언급하는 과거에 오히려 클리멘트 남작이 당황했다.

티엘이 간신들에게 휘둘려 가문의 일을 등한시 한 것은 이미 유명한 일이다.

"후환을 없애고 싶으시군요."

"맞는 말이다. 칼헤린 지방의 잠재성은 위험하지. 어느 한 가문이 독식하면 그 힘은 한 국가만큼 커진다. 그것을 방지하고 싶다."

"그렇다면 무리를 하지 않으셔도……."

"내가 말했을 텐데? 그대가 아무리 뛰어나도 이곳은 저들의 무대다. 그대가 실행하고자 하는 계책을 알아차리지 못할 거라 생각하나?"

뛰어난 계책으로 유명한 헤수스 남작이라면 알아차렸을 것이다.

오히려 이렇게 대놓고 목적을 드러내며 무식하게 돌파하

는 티엘의 방법이 때로는 더 효과적이란 뜻이었다.

"주군의 뜻을 확실하게 알겠습니다. 최선을 다해 보좌하겠습니다."

"이곳을 점령하면 할 일이 많아질 것이다. 우리의 적은 위클린 공작가고, 후방에 있는 다른 가문들이 아니란 걸 명심하도록."

"예."

그제야 티엘이 어떤 생각을 가지고 있는지 명확하게 깨달을 수 있었다.

그는 뒤에 있는 저 병력을 적으로 여기지 않고 있다는 것이다.

위클린 공작이 사라지면 사방에서 이전투구를 벌일 하이에나 떼 그 이상 그 이하도 아니었다.

여차해서 적으로 돌아서더라도 충분히 격파할 자신이 전제로 깔려 있겠지만 말이다.

"책사 입장에서 절대지지 않을 전쟁을 수행하고 있는 것 자체가 우스운 일 아닌가."

피식 웃은 그는 자신의 일을 찾아갔다.

큰 틀이 세워졌어도 자신이 할 일은 많았다.

"부르셨습니까."

"할 일이 있다."

렉스터 남작이 정중하게 예를 취했다. 티엘의 명령에 따라 묵묵히 군을 이끌던 그는 자신이 나설 일이 있다는 사실에 고개를 끄덕이고 조용히 명령을 기다렸다.

"후방으로 가라. 그리고 무력시위를 하도록."

"무력시위라 함은?"

"이제부터 움직일 것이다. 우리가 움직이면 기회를 엿보는 하이에나들이 움직이려 하겠지."

척하면 척이다.

티엘이 말하고자 하는 것이 무엇인지 알아차린 렉스터 남작이 고개를 끄덕였다.

"명을 받들겠습니다. 저들이 움직이지 못하도록 확실히 겁을 주겠습니다."

"믿음직하군."

티엘이 만족스럽게 웃었다.

준비를 마친 티엘이 홀로 앞으로 나서자 위클린 공작가에서 한바탕 소동이 벌어졌다.

두려움에 사로잡힌 몇몇 병사가 명령을 무시하고 활을 날렸지만 터무니없는 거리였다.

멀찍이 육안으로 확인될 거리에 멈춰 선 티엘이 검을 뽑으려고 할 때 허공에서 무수히 많은 화염 마법이 날아들었다.

스르릉.

그러자 마치 살아 있는 것처럼 검집에서 뽑혀 나온 검이 허공으로 날아들어 마법을 향해 푸른 오러를 발출했다.

퍼벙! 퍼버벙!

강력한 화염 마법이 연이어 폭발하면서 맑은 하늘을 수놓았다. 지면에 닿기 전 소멸하는 마법을 보며 티엘이 피식 웃었다.

"화려한 불꽃놀이로군."

위클린 공작의 최후를 장식하기에 지나치게 화려한 축포였다.

허공에 떠 있던 검을 움켜쥔 티엘이 성벽을 향해 검을 던지니, 외팔이 된 가스필 자작이 혼비백산했다.

"으악!"

몸의 균형이 맞지 않아 제대로 검을 휘두를 수 없는 그가 비명을 지르니, 사방에서 기사들이 검을 뽑아 오러 파이어를 막아섰다.

쩡! 쩌저정!

"크윽!"

"끄아악!"

오러 파이어의 위력을 견디지 못한 기사들이 비명을 지르며 사방에 흩어졌다.

오러 블레이드에 견줄 수 있는 오러 파이어는 엑스퍼트 기사들이 감당할 수 있는 수준의 것이 아니었다.

순식간에 기사들을 정리한 티엘의 검이 재차 가스필 자작을 노렸지만 그는 이미 멀리 피신한 상태였기에 눈으로 쫓는 것이 무리였다.

허공 위로 솟구치며 티엘에게 돌아가는 검을 보며 안도하던 가스필 자작의 귓가로 작은 음성이 울려 퍼졌다.

"자꾸 성벽 위로 모습을 드러내니 죽여 버리고 싶잖아. 이번에도 실패했군, 다음에 기회가 또 있겠지."

"……."

마치 개미를 밟아 죽이는 것처럼 무감각한 그의 어조에 가스필 자작은 온몸에 소름이 돋는 것을 느꼈다.

그리고 확신할 수 있었다. 다시 모습을 드러내면 티엘은 자신의 목숨을 노릴 것이라고.

절대 전면에 나서지 않겠다는 생각을 하며 입술을 지그시 깨문 그는 후방에서 병사들을 독려했다.

"인물은 인물이로군."

두 번이나 자신의 위협에서 벗어난 가스필 자작의 모습에 피식 웃은 티엘은 마검 그레인츠를 뽑아 들었다.

음산한 어둠의 마나가 발산되는 검을 바라보던 티엘이 마나를 주입하니 오러 브레스의 준비가 이뤄진다.

우웅! 우우웅!

거센 마나 움직임 속에서 위클린 공작가의 움직임도 바빠졌다.

성벽이 무너지면 대형 참사가 일어날 테니 병사들이 삼삼오오 물러나는 것이다.

마치 미리 준비를 한 것처럼 질서정연한 움직임에 티엘이 미간을 모았다.

"이래서 성가셔."

이래서 뛰어난 지휘관의 존재는 신경을 긁었다. 자신이 싫어하고 원치 않는 부분을 집요하게 파고들어 피해를 최소화하려고 하니 말이다.

그사이 응축 과정을 마친 오러 브레스가 뿜어졌다. 단숨에 공간을 가른 힘이 성벽을 거세게 강타했다.

꽈아아— 아아앙!

칼더빌 요새보다 강하지 않은 위클린 공작가의 성벽이 단숨에 허물어졌다.

십 미터가 훌쩍 넘는 성벽이었지만 칼더빌 요새에 비하면 아무것도 아니었다.

"좀 더 힘을 써야 하나."

마음 같아서는 성벽을 완전히 무너뜨리고 싶었지만 후방의 적들이 언제 적으로 돌변할지 모르니 성은 적당히 부수고 점령해야 했다.

티엘이 다시 한 번 오러 브레스를 시전하니 이번에는 성문을 말끔하게 날려 버렸다.

그곳을 수비하던 병사들이 잘 다져진 고기가 되어 나뒹굴었다.

성벽이 무너지고 문이 뚫리자, 적의 전의가 꺾인 것이 전해졌다.

티엘이 손을 번쩍 들자 신호를 알아들은 로운 후작군이 대대적으로 진군을 시작했다.

와아아아!

함성을 지르며 조립을 마친 공성 무기를 들고 달려드니, 기세가 꺾인 위클린 공작군은 제대로 저항하지 못했다.

"죄송합니다, 주군."

다소 싱거운 전투 후에 성을 점령했지만 위클린 공작군의 저항은 제법 거셌다.

병사들이 시가지 사방에 흩어져 시가전을 벌여야 했으며, 내성에서 벌어진 전투에서는 모두 죽음을 각오하고 덤벼드니 피해를 입을 수밖에 없었다.

무너진 외성을 수리하고 내성 안으로 들어선 티엘은 위클린 공작이 없다는 보고를 받을 수밖에 없었다.

"상관없다, 어차피 예상했던 일이니까."

내성의 저항이 거셌을 때부터 미끼라는 걸 눈치챈 티엘이었다.

그래서 위클린 공작을 찾기보다 그가 남긴 흔적을 찾는 데 주력했다.

그리고 그 흔적의 끈을 발견할 수 있었다.

"클리멘트 남작."

"예, 주군!"

"이곳을 그대에게 맡기겠다."

"예?"

"난 이대로 위클린 공작을 찾을 것이다. 그리고 잡아오도록 하지."

"하, 하지만……."

십만이 넘는 대군이 밖에 주둔하고 있는 상황에서 추적에 나서겠다는 말을 들으니 어떻게든 막아야겠다는 생각이 앞섰다.

하지만 그렇게 잡힐 티엘이었으면 진즉에 그의 의견을 수용했을 터였다.

"그럼 맡기겠다."

"주군!"

"몇 번 무력시위를 해줄 테니 걱정하지 말도록."

위클린 공작의 흔적을 찾아 성을 나선 티엘은 제법 떨어진 곳에 도착하고 미간을 모았다.

"제법 멀리 도망쳤는데."

흔적을 최소화하기 위해 소수의 인원만 움직였다는 것을 알 수 있었다. 하지만 그것만으로는 여러 가지 의구심을 지울 수 없었는데, 어느 순간 자신의 감각으로도 찾기 힘든 게 발견되었던 것이다.

"호오."

나직이 감탄사를 흘린 티엘은 이름 모를 산속으로 진입했다. 그리고 흔적을 더듬으며 올라서니, 사람 한 명이 들어갈 수 있는 동굴이 눈에 들어왔다.

"여기로군."

피식 웃은 티엘이 안으로 진입한 뒤 거침없이 걸음을 옮겼다.

그리고 드러나는 광경에 작게 고개를 끄덕였다.

그곳에는 티엘이 찾던 위클린 공작이 있었다. 그리고 그의 두뇌라는 헤수스 남작과 공작가 식구들도 함께했다.

하지만 그들은 모두 반듯이 누워 잠든 상태였다.

무슨 연유인지 몰라 의아한 표정을 짓던 티엘은 한쪽에 시선을 고정하고는 고개를 끄덕였다.

“그렇군, 멀쩡하게 도망치던 녀석들이 이곳으로 온 이유가 있었어.”

펑!

티엘의 손가락 끝을 타고 푸른 기운이 발산되자, 아무도 없던 벽에 반투명한 막이 생성되며 막아냈다.

“모습을 드러내지, 켈그라인?”

“역시 속이는 게 힘들군요.”

“그 정도로 속이려 들었다면 진즉에 죽음을 당했겠지.”

“하하! 참 거침없는 말씀입니다. 어쨌든 다시 이렇게 뵙게 되어 유감입니다.”

입가에는 미소를 지으며 양손을 들어 보이는 그였다. 티엘은 피식 웃으며 말했다.

“난 반가운데.”

“저는 가급적 티엘 님을 보기 싫거든요. 하지만 문제가 생겨 이렇게 찾아오게 되었습니다.”

“슈크라인인가?”

“맞습니다. 이야, 마왕인 저를 등쳐먹을 줄은 몰랐습니다. 이게 마계에 알려지면 얼마나 큰 망신이 될지 상상도 하기 힘든데요.”

“속은 놈이 바보다. 너희가 가장 좋아하는 말 아니었나?”

유명한 마계 격언을 언급하자 움찔 몸을 떤 켈그라인은 이내 환한 웃음을 지으며 고개를 끄덕였다.

"어떻게 그렇게 잘 아시는지. 티엘 님이 인간인 걸 확인하지 않았으면 우리와 같은 마족으로 착각할 정도입니다."

"너희가 마족이니 스스로 욕하지는 않겠지. 칭찬으로 듣겠다."

"물론 칭찬입니다."

"그럼 찾아온 이유가 슈크라인의 회복을 위해서인가?"

"그렇습니다. 그가 이대로 골골대면 꽤 곤란한 상황이 벌어질 수 있는지라."

"중간계 입장에서는 나쁘지 않다고 여기는데."

"한번 사정을 봐주실 수 없겠습니까? 그 귀한 마병까지 드렸는데."

양손을 모으며 간절하게 부탁을 하는 그였지만 티엘은 단호하게 거절했다.

"불가, 마계 녀석들이 중간계에 설치는 꼴은 봐줄 수 없다."

"후우! 예상은 했지만 이렇게 될 줄은."

"왜? 저걸 선물로 주면 내가 마음이 혹할 거라 생각했나."

"그런 생각도 했지만 저는 순수하게 티엘 님과 친분을 다지고 싶을 뿐입니다."

"마왕이 인간인 나랑 친하게 지낸다고? 지나가던 드래곤이 비웃겠군."

"물론 멍청한 도마뱀이라면 진정한 우정을 깨닫지 못하고 비웃겠죠. 하지만 전 아닙니다, 하하!"

켈그라인의 비웃음은 진짜였다. 마족과 관계가 좋지 않은 것은 천족이지만 드래곤인 용족도 그에 못지않게 사이가 나빴다.

"그래서, 왜 중간계에 활개를 치고 다니는 것인지 궁금한데."

"우선 슈크라인을 치료해 주실 수 있겠습니까?"

"치료를 해주면 말을 해주겠다?"

"그 정도 미끼가 아니면 움직일 분도 아니니 제가 손해를 보는 수밖에 없지 않겠습니까."

"흠."

한숨을 푹푹 내쉬는 켈그라인을 보며 티엘은 턱을 매만졌다. 저자세라고 봐도 무방할 정도로 굽히고 들어오는 모습에 자신이 알지 못하는 내막이 있다는 걸 알 수 있었다.

그리고 그 호기심의 충족을 위해 자신이 뿌려놓은 야료를 거둘 정도는 되었다.

"좋다, 제안을 받아들이겠다."

"감사합니다. 만약 거절하셨으면 얼마나 고생했을지, 후!"

"그럼 슈크라인을 데려오도록."

"예?"

의문 부호를 그리는 켈그라인을 향해 티엘이 한쪽을 가리켰다.

"공간 왜곡으로 저곳에 숨겨두면 내가 모를 거라 생각한 건가."

"정말 하나부터 열까지 다 알고 계시는군요. 이거 참."

체념의 빛을 띤 그가 가볍게 손을 젓자, 한쪽에 누워 있는 슈크라인이 드러났다.

"아주 약골이 다 되었군."

"어떤 분 덕분이지요. 덕분에 몸이 회복되더라도 원래 힘을 되찾으려면 고생깨나 할 것입니다."

남의 일이라는 듯 낮게 웃음을 흘리는 켈그라인이었다.

피식 웃은 티엘이 슈크라인에게 다가가 손을 뻗어 가슴 위에 올려놓았다.

자신이 야료를 부린 힘이 그의 내부에서 날뛰고 있는 것이 느껴졌다.

원리만 알면 간단하게 해제할 수 있지만 알지 못하면 절대 회수할 수 없는 자신만의 힘이다.

"외모는 참 예쁜데, 성질머리는 고약해서."

"하하! 원래 마족들이 미적 감각은 뛰어납니다. 그래 봤자

개차반 같은 성격이 점수를 다 까먹지만 말이죠."

"널 보면 공감이 가지 않지만 그렇다고 해주지."

"섭섭한 말씀을."

그사이 슈크라인의 진단을 마친 티엘이 중얼거렸다.

"치료하려고 다른 짓을 하다가 상태만 악화시켰군."

"원래 슈크라인이 한 고집 하지 않습니까."

"딱히 내가 알 바는 아니고."

가볍게 그를 침묵시킨 티엘이 힘을 끌어들여 말끔하게 회수했다.

그리고 가볍게 발로 툭 차자, 허공에 떠오른 몸이 켈그라인에게 날아들었다.

"어이쿠."

"회복시켰으니 한번 살펴보도록."

"…이건 정말 놀라운 일이 아닐 수 없군요."

방금 전까지 내부를 장악하고 날뛰던 힘이 말끔하게 사라졌으니 놀라움이 클 수밖에 없었다.

"이제 내 요구조건을 들어줘야 할 텐데."

"예예, 알겠습니다. 잠시 감격에 겨워했는데 그마저도 용납하지 않는군요."

푹 한숨을 내쉰 켈그라인이 슈크라인에게 힘을 주입하니, 창백하게 변해 있던 안색에 핏기가 감돌면서 살며시 눈을 떴다.

"뭐지, 켈그라인? 내 몸이 언제……."

"고쳐줄 분이 나타났다. 그래서 고쳐진 거고."

몸을 일으킨 슈크라인은 자신 앞에 서 있는 티엘을 보고 이내 살기를 발산하려다가 멈칫했다.

자신을 치료해 준 사람이라면 눈앞의 인간밖에 없다는 걸 알아차린 것이다.

"결국 부른 거냐?"

"치료를 위해 어쩔 수 없잖아. 그렇다고 죽도록 둘 수도 없고."

"…차라리 소멸되는 게 낫다. 내게 모욕을 준 인간에게 목숨의 구함을 받다니."

"너무 팍팍하게 생각하지 말라고. 널 구하기 위해 제법 비싼 대가까지 치렀는데."

"대가? 설마……."

저도 모르게 몸을 떨면서 경멸이 담긴 눈으로 바라보자, 켈그라인의 얼굴이 처참하게 구겨졌다.

"그건 아니다. 모두 다 말하고 도움을 얻으려고 한 거니 이상한 생각 말고."

"미쳤군, 어떻게 인간에게."

"그 인간에게 당해놓고 사경을 헤맸으면 좀 조용히 있어

주지 않겠어?"

"……."

슈크라인의 입을 틀어막은 켈그라인은 한결 편안해진 얼굴로 티엘을 바라보았다.

그리고 막 입을 떼려던 순간, 기절시켜 놓은 위클린 공작 일행의 입에서 신음이 흘러나왔다.

"으으."

"우선 저 인간들은 어떻게 할까요? 협상에 필요할까 싶어서 잠깐 재워뒀는데."

"다시 재워둬."

"알겠습니다."

켈그라인이 가볍게 손을 젓자, 신음을 흘리며 일어나려던 위클린 공작 등은 다시 죽은 듯이 잠들었다.

그 모습을 조용히 지켜보던 티엘은 진지한 표정을 지으며 그에게 질문을 던졌다.

"그럼 이제 묻고 싶군. 마왕이 중간계를 활개치고 다니는 이유에 대해서."

켈그라인 옆에 서 있는 슈크라인이 어떻게든 끼어들어서 훼방을 놓고 싶어 했지만 단호한 그의 얼굴을 보고 차마 말을 잇지 못했다.

한숨을 푹 내쉬며 포기하는 슈크라인을 뒤로 미뤄두고 켈그라인이 입을 열었다.

"우선 중간계에 강림한 마왕은 총 다섯입니다. 얼마 전까지 여섯이었지만 티엘 님에게 소멸된 카를렌스는 뺀 숫자입니다."

"자기가 소멸시켜놓고 남에게 미뤄두는 것도 웃기는군."

"원래 마족의 특기 아니겠습니까? 어쨌든 다른 마왕들은 그렇게 알고 있습니다. 이 부분에 대해 설명하자면 흑룡왕 카를렌스는 블랙 드래곤 로드이자, 마왕의 일원이지만 정식으로 마족에게 인정받은 마왕이 아닙니다. 그의 소속감은 물론 갈피를 잡지 않는 애매모호한 태도로 다른 마왕들의 빈축을 사고 있었습니다. 그리고 개인의 욕심을 무리하게 부려 부득이하게 소멸을 선택했습니다."

"덕분에 내 동료가 득을 보았으니 상관하지 않지."

"하긴, 슈크라인을 상대하는 모습을 보니 대단하더군요. 인간이 드래곤의 제압을 이겨내고 깨어나다니. 부지런히 수련하면 대단한 수준에 올라설 것 같습니다."

"본론으로."

자꾸 사족을 다는 켈그라인의 말을 자른 티엘이 본론을 요구했다.

멋쩍게 웃음을 짓던 그는 힐끗 슈크라인을 바라본 뒤 진지한 표정으로 입을 열었다.

"사족은 여기까지 하고, 마왕이 중간계에 강림하여 이곳저곳을 돌아다니는 이유를 말씀드리겠습니다. 바로 중간계의 수호를 위해서입니다."

"중간계의 수호?"

"예, 그렇습니다."

거짓 한 점 섞이지 않은 진지한 그의 태도에 티엘은 황당한 표정을 감추지 못했다.

『레드 크로니클』 12권에 계속…

騰龍記
등룡기
임영기 新무협 판타지 소설

The Record of
Dragon's
Return

귀환병사
요람 新무협 판타지 소설
FANTASTIC ORIENTAL HEROES

내일을 향해 쏴라

김형석 장편 소설

FUSION FANTASTIC STORY

1만 시간의 법칙!
'성공은 1만 시간의 노력이 만든다'는 뜻이다.

그러나…
사회복지학과 복학생 수.
전공 실습으로 나간 호스피스 병동에서
미지와 조우하다.

1만 시간의 법칙?
아니, 1분의 법칙!

전무후무한 능력이 수에게 강림하다!
맨주먹 하나로 시작한 수의
인생역전이 시작된다!

절대호위
문용신 新무협 판타지 소설
FANTASTIC ORIENTAL HEROES

유행이 아닌 자유추구 -
WWW.chungeoram.com